झिलमिल

एक ख़ूबसूरत सफ़रनामा

मुक्ति अग्रवाल

Made with ♥ on the Notion Press Platform
www.notionpress.com

मेरा जन्म १९८८ में राँची में हुआ, मुझें बचपन से लिखने का बहुत शौक़ था, मेरी कई कविताएँ और कहानियाँ अख़बार में छप चुकी है, मुझें सुलेख के लिए कई इनामों से भी नवाज़ा गया है, मैंने कई साल बाद सोचा कि अब मुझें किताब लिखनी चाहिए, कहानी असलियत और काल्पनिक रचनाओं का एक गुच्छा है, मैंने अपनी पढ़ाई रांची से पूरी करी, संत जेवियर्स कॉलेज से ग्रेजुएशन करने के बाद, मैं लंदन चली गई अपने पती के साथ, मैंने वहां विभिन्न प्रकार और प्रांत के लोगो से मुलाकात की, लोगो के अनुभव को जिया., कुछ साल बाद जब मैं, वापिस अपने देश आई, मैंने अपने निजी जिंदगी में उन रोज मर्रा की आदतों को ख़ुद में ढालने की कोशिश की। मेरी यह किताब जिंदगी के कई अनुभावों से गुजरी है, शायद एक जिंदगी बहुत छोटी है हमें अपने आप से मिलाने के लिए। खुद से प्यार करना बहुत महत्पूर्ण है, क्योंकि जिंदगी की खूबसूरती यहीं है कि जिंदगी, बहुत खूबसूरत है। मैंने यह किताब कहीं ना कहीं ज़िंदगी की असलियत को महसूस करके लिखी है, हमारा शरीर नश्वर है, हमे इसे खुल कर जीना चाहिए, हमारी डोर भगवान के हाथ में है, आगे की सोच कर हम अपना आज ख़राब कर लेते है, समय कभी नहीं लौट कर आता है, इसलिए जो हैं वो आज है, ना कल था ना कल होगा। मैंने कई अच्छी-अच्छी किताबें पढ़ी है, मैंने अटल बिहारी वाजपेयी की कविताओं से बहुत प्रेरणा ली है। बारवी कक्षा में मैं अपने स्कूल मैगज़ीन की चीफ़ एडिटर थी, उसमे छपी मेरी कविता हमारे नेताजी, को बहुत सहारना मिली थी। मैंने एफ़ रंगगच भी लिखा है, छोटी-छोटी कहानियाँ और कविता लिखने में जो आनंद मुझे मिलता है मैं अपनी सारी परेशानी भूल जाती हूँ, लिखने से मेरा मन शांत होता है। झिलमिल भी ऐसी ही एक कहानी है, जिसमे मैंने ज़िंदगी को कड़ी-कड़ी जोड़ा है, जब आप पढ़ोगे तो आपको लगेगा अरे ये क्या लिख दिया लेखक ने, पर जब हम ख़ुद को उसमे महसूस करेंगे, हम इसमें खो जाएँगे। डर का सामना करना होता है, और हमे जिससे सबसे ज़्यादा डर लगता है, वो कभी ना कभी हमारे ज़िंदगी से आकर टकरा जाती है। डर सिर्फ़ अंतरात्मा से बुनी हुई एक रचना है, इसका सामना किया तो हम मज़बूत हों जाते है, क्योंकि प्रकृति हमे अनुभव करने के लिए बहुत मौक़े देती है, और हम इससे जितना भागेंगे हम इससे ज़्यादा टकराएँगे।

क्रम-सूची

प्रस्तावना

शायद, लंदन दुनिया का सबसे बड़ा शहर है, थेम्स नदी पर भागता हुआ शहर, जहाँ चका-चौंध से लेकर हर आधुनिक उपयोगिता के सारे साधन उपलब्ध है, उसमे रमकर इंसान अपनी हक़ीक़त भूल जाता है, इतने साल वहाँ रहने के बाद भी मेरे मन में, मेरे गाँव के प्रति लगाव कम नहीं हुआ, कुछ अलग ही बात थी शायद, की मैं और मेरी बहन अपना बचपन आज भी याद करते हैं। इसे मैं अपना घमंड नहीं कहूँगी कि, आज की चमकीली दुनिया का मुझपे असर नहीं होता, हों सकता है मैं पुरानी बातो में ज़्यादा विश्वास और यक़ीन करती हूँ।

मेरी यह किताब जिंदगी के कई अनुभावों से गुजरी है, शायद एक जिंदगी बहुत छोटी है हमें अपने आप से मिलाने के लिए। मैं इस चीज़ को मानती हूँ कि, खुद से प्यार करना बहुत महत्पूर्ण है, क्योंकि जिंदगी की खूबसूरती यहीं है कि जिंदगी, बहुत खूबसूरत है।

मैंने कहीं ना कहीं ज़िंदगी की असलियत को महसूस किया है, हमारा शरीर नश्वर है, हमे इसे खुल कर जीना चाहिए, हमारी डोर भगवान के हाथ में है, आगे की सोच कर हम अपना आज ख़राब कर लेते है, समय कभी नहीं लौट कर आता है, इसलिए जो हैं,वो आज है, ना कल था ना कल होगा।

मेरी ज़िंदगी में दोस्ती बहुत अहमियत रखती है, मुझे परिवार और दोस्त दोनों अपने जीवन के हर पहलू में साथ चाहिए। मुझे अकेलापन खलता है, शायद कुछ मन में था, जो मैंने पन्नो पर उतार दिया, ज़रूरी था शायद, नहीं व्यक्त करती तो अंदर ही अंदर खोखले मन में और दर्द पैदा हो जाता। जैसे-जैसे पन्ने भरते गए, मन में एक अजीब सी शांति होने लगी, जिसकी मुझे कई सालों से तलाश थी।

शरीर से आत्मा का मिलन एक संभव स्थिति है, और इसे हमे समय रहते स्वीकार कर लेना चाहिए। वक़्त की अहमियत हम तब समझते हैं जब हमे पता चल जाता है कि वापिस जाने का वक़्त आ गया है, और अब पीछे लौटने का कोई रास्ता तथा साधन नहीं बचा।

यह किताब अस्सी पन्नो में सिमट गई है, पूरा चक्र पैदा होकर हमारे अंतिम समय तक किन-किन परिस्थितियों से गुजरता है, और दूसरी दुनिया में जाने के बाद हमारा क्या होता है, मैंने बड़े संक्षिप्त रूप में समझाया है, झिलमिल भी ऐसी ही एक कहानी है, जिसमे मैंने ज़िंदगी को कड़ी-कड़ी जोड़ा है, जब आप पढ़ोगे तो आपको लगेगा अरे ये क्या लिख दिया लेखक ने, पर जब हम ख़ुद को इससे जोड़ेंगे

तो हम ज़िंदगी को क़रीब से महसूस करेंगे ।

भगवान में मेरी असीम आस्था है, तो मैं पूर्ण जन्म में भी विश्वास करती हूँ, बस इन्ही कुछ किससे और कथ्य को पढ़कर और समझकर मैंने किताब लिखने का प्रयास किया।

पावती (स्वीकृति)

मेरा जन्म १९८८ में राँची में हुआ, मुझे बचपन से लिखने का बहुत शौक़ था, मेरी कई कविताएँ और कहानियाँ अखबार में छप चुकी है, मुझे सुलेख के लिए कई इनामों से भी नवाज़ा गया है, मैंने कई साल बाद सोचा कि अब मुझे किताब लिखनी चाहिए, कहानी असलियत और काल्पनिक रचनाओं का एक गुच्छा है, मैंने अपनी पढ़ाई रांची से पूरी करी, संत जेवियर्स कॉलेज से ग्रेजुएशन करने के बाद, मैं लंदन चली गई अपने पती के साथ, मैंने वहां विभिन्न प्रकार और प्रांत के लोगो से मुलाकात की, लोगो के अनुभव को जिया., कुछ साल बाद जब मैं, वापिस अपने देश आई, मैंने अपने निजी जिंदगी में उन रोज मर्रा की आदतों को ख़ुद में ढालने की कोशिश की। मेरी यह किताब जिंदगी के कई अनुभावों से गुजरी है, शायद एक जिंदगी बहुत छोटी है हमें अपने आप से मिलाने के लिए। ख़ुद से प्यार करना बहुत महत्पूर्ण है, क्योंकि जिंदगी की खूबसूरती यहीं है कि जिंदगी, बहुत खूबसूरत है। मैंने यह किताब कहीं ना कहीं ज़िंदगी की असलियत को महसूस करके लिखी है, हमारा शरीर नश्वर है, हमे इसे खुल कर जीना चाहिए, हमारी डोर भगवान के हाथ में है, आगे की सोच कर हम अपना आज ख़राब कर लेते है, समय कभी नहीं लौट कर आता है, इसलिए जो हैं वो आज है, ना कल था ना कल होगा। मैंने कई अच्छी-अच्छी किताबें पढ़ी है, मैंने अटल बिहारी वाजपेयी की कविताओं से बहुत प्रेरणा ली है। बारवी कक्षा में मैं अपने स्कूल मैगज़ीन की चीफ़ एडिटर थी, उसमे छपी मेरी कविता हमारे नेताजी, को बहुत सहारना मिली थी। मैंने एक रंगमच भी लिखा है, छोटी-छोटी कहानियाँ और कविता लिखने में जो आनंद मुझे मिलता है मैं अपनी सारी परेशानी भूल जाती हूँ, लिखने से मेरा मन शांत होता है। झिलमिल भी ऐसी ही एक कहानी है, जिसमे मैंने ज़िंदगी को कड़ी-कड़ी जोड़ा है, जब आप पढ़ोगे तो आपको लगेगा अरे ये क्या लिख दिया लेखक ने, पर जब हम ख़ुद को उसमे महसूस करेंगे, हम इसमें खो जाएँगे। डर का सामना करना होता है, और हमे जिससे सबसे ज़्यादा डर लगता है, वो कभी ना कभी हमारे ज़िंदगी से आकर टकरा जाती है। डर सिर्फ़ अंतरात्मा से बुनी हुई एक रचना है, इसका सामना किया तो हम मज़बूत हों जाते है, क्योंकि प्रकृति हमे अनुभव करने के लिए बहुत मौक़े देती है, और हम इससे जितना भागेंगे हम इससे ज़्यादा टकराएँगे।

1

झिलमिल

गाँव की एक झलक

सुबह- सुबह मैंने टीवी खोला तो न्यूज़ पर राशिफल आ रहे थे, पंडितजी बता रहे थे की जीवन चार अवस्थों से गुजरता है, ब्रह्मचर्य, गृहस्थ, वानप्रस्थ, संन्यास, इंसान का जीवन उसके किए कर्मों पर निर्भर करता है, जैसे कर्म करोगे, भविष्य वैसा बन जाएगा, हमे हमेशा अपने कर्मों पर ध्यान देना चाहिए,ईश्वर हमे हमारे किए का फल यहीं देते है, धरती पर ही स्वर्ग और नर्क दोनों है, अच्छे कर्म का फल हमेशा अच्छा मिलेगा, और बुरे कर्म का नतीजा भी यहीं भोग कर जाना पड़ता है । अपने आप से प्यार करना बहुत महत्वपूर्ण है, क्यूंकि जिंदगी की खूबसूरती हमे बहुत देर से समझ आती है, और जब तक हम आनंद लेना शुरू करते है, हमारे वापिस जाने का समय आ आ जाता है, कल के लिए सोच रखते है, आज को बिगाड़ देते है, हमारी समझ में कमी रह जाती है की जिस पल को हमने आज नहीं जिया, कल भी हम उसे परसो के लिए छोड़ देंगे, क्यूँ कल पर निर्भर रहना है?? आज करो, क्यूंकि कल कभी नहीं आता है । मुझें बचपन से अपनी राशि पढ़ने का, और दूसरो को उनकी राशियाँ पढ़कर बताने में बड़ा आनंद आता था, क्लास में हमलोग एक दूसरे का हाथ देखकर सामने वाले का भविष्य बताते थे, तुक्का लग गया तो ठीक है, अन्यथा कौन ज़्यादा सोच रहा है। उन्हीं विचारों में खोई थीं मैं, तभी मुझे याद आया की झिलमिल हाथ की लकीरें कितना अच्छा पढ़ती थी, उसे हाथ की रेखा अच्छे से पढ़नी आती थी , शायद उसने अपने बाबा से सीखा था, वो एक विख्यात ज्योतिषी थे।मैंने सोचा क्यूँ ना आज झिलमिल को कॉल किया जाए, बहुत साल हों गए, पता तो चले उसके क्या हाल चाल हैं। सोचते-सोचते मैंने टेबल से पुरानी टेलीफोन डायरी निकली और उसमे से ढूँढकर,झिलमिल का नंबर लगाया , पर उसके फ़ोन पर घंटी नहीं जा रही थी। शाम को झिलमिल ने मुझे कॉल किया, उसने बताया उसकी घंटी टंग-टंग ही बजती है, बहुतों को लगता है मेरा फ़ोन ख़राब है।

2

दोस्ती जिंदगी में बदलाव लाती है

हम कभी ऐसे दोस्त से मिलते हैं, जिनके साथ बिताया वक़्त बहुत ख़ास हो जाता है, मैंने पत्रकारिता के छेत्र में अपना करियर बनाया, कई पुस्तकें मेरी छप चुकी थीं,अब मुझे कुछ ऐसा लिखने था, जो कहानी मन को छू जाए। वास्विकता से परिपूर्ण हो, और उसमे सच्चाई हो। झिलमिल ने मुझें बताया की वो एक किताब लिख रही है, कई साल हो गए, अब उसे वो पूरा करेगी, फिर क्या था, मैंने झिलमिल से कहा, मुझे तुम्हारी यह कहानी सुन्नी है, क्योंकि मुझें एक उपन्यास लिखनी है, क्या पता तुम्हारा लेखन ही मेरी किताब की कहानी बन जाए।

अरे-अरे रुकिए मैं कहनी चोर नहीं हूँ, पर झिलमिल की कहानी हमेशा से बड़ी दिलचप्स होती थी, मैंने सोचा क्यूँ ना इस बार वास्तविक रूप से कुछ लिख दिया जाए। अच्छी कहानी हुई तो कोई वाक्य उसका बताया हूआ मैं अपनी उपन्यास में डाल दूँगी।

इंसान कभी-कभी बहुत कुछ महसूस करता है, ज़िंदगी के हर पड़ाव में , उसे अलग-अलग तरह के चुनौतियों से गुजरना पड़ता हैं, इंसान ऐसे समय में या तो टूट जाता है या संभल जाता है| ऐसा ही समय, मेरे जीवन में भी आया था, मैं जिंदगी से थक गई थी, मुझे अपना जीवन उदासी भरा लगनें लगा था| मैंने किसी से ज़्यादा बात करना छोड़ दिया था, अपने काम से काम रखना, दफ्तर आना, काम करना, और समय से घर वापिस चले जाना, मेरा रोज़ यहीं दिनचर्या था। कोइ मुझे बोलता यह उम्र का तकाज़ा है, या फिर मैं अंदर से बीमार होने लगी थी, पता नहीं कुछ तो मेरे मन में जो अंदर ही अंदर चल रहा था, मुझे किसी ने समझाया की थोड़े समय

के लिए दफ्तर से छुट्टी लेकर अपने घर चली जाओ, हवा पानी बदलेगा, तो शायद तबीयत में सुधार हो जाए, बहुत दिन तक इसी हालात से जूझने के बाद मैंने विचार बना लिया कि मैं गांव जाऊंगी। मैंने अपने दफ्तर में अवकाश का पत्र भी दे दिया, बड़े साहब ने मेरी छुट्टियों की मंज़ूरी पर भी मोहर लगा दी, सब कुछ मन मुताबिक़ हो रहा था, फिर भी मन अंदर से बेचैन था, जैसे कुछ सुना पन था। किसी से शायद मैं कह नहीं पा रही थी, और जो सुनना चाहते थे, उन्हें मैंने बताया नहीं। ज़िंदगी की रफ़्तार थम गई थी, दूसरी भाषा में हम इसे अवसाद भी कहते है, पर शायद मुझे लगता है हालत बुरी नहीं थी मेरी, बस अकेलापन अंदर से मुझें खा रहा था, ऐसा कहकर मैंने ख़ुद को सँभाला हुआ था।

3

गांव जाने की तैयारी

तरु के छाँव में

अगले दिन दोपहर को मैंने अपने लिपिक को कुछ जरूरी कागज दिए और कहा मेरी गाड़ी में रख दो, हरी लाल भइया कागज लेकर जाने लगे,तभी मैंने उन्हें पीछे से आवाज़ लगाई, और कहा आप रहने दो ,मैं घर जा रही हूं, मैं कागज ले जाऊँगी, उन्होंने मेरी टेबल पर कागज रखे और वहाँ से चले गए। शायद बड़े-बुजुर्गों ने सही कहा है, पीछे से किसी को आवाज़ नहीं लगानी चाहिए,कभी कभी बनता हुआ काम बिगड़ जाता हैं, मैंने अपने पैर पर कुल्हाड़ी मार ली थी। उस वाक्य का असली मतलब, मुझे उन कुछ घंटों में समझ आ गया था।

मैं पुरानी सोच की लड़की या रूढ़ीवादी नहीं हूं, पर इंसान हूँ, तो कभी- कभी मैं भी सुनी सुनाई बातों पर यकीन कर लेती हूँ। टीका-टिक दोपहरी थी, मैं अपने दफ़्तर से निकल रही थी, मैंने जैसे ही अपनी गाड़ी के दरवाज़े में चाभी लगाई, किसी ने मुझे पीछे से धक्का मारा, मेरा मोबाइल हाथ से छूट गया, मैं झल्लाहट में पलटी तो बाइक वाला रफ़्तार से आगे भाग गया, मैंने मोबाइल उठाने के लिए जैसे ही हाथ बढ़ाया, मेरे हाथ में जो कागज़ थे वो भी गिर गए, मेरा गुस्सा फुट पड़ा, की पहले मोबाइल टूट गया फिर मेरी किताब भी गंदी हो गई, शायद आज यह काम नहीं हों पाएगा, क्योंकि कुछ पन्ने नीचे पड़े पानी में भीग गए थे, मैंने मन में सोचा बड़ा ही ख़राब दिन है, मुझे गुस्सा आ रहा था और रुलाई भी आ रही थी, वैसे ही सब कहते है मैं बीमार हूँ, और मेरी परेशानियाँ ख़त्म होने का नाम ही नहीं ले रही थी, मैंने जैसे तैसे अपना सामान उठाया और गुस्से में गाड़ी में बैठ गई, थोड़ा पानी पीकर दिमाग़ ठंडा किया, क्योंकि गुस्से में गाड़ी चलती तो शायद आगे चोट मुझें पक्का लग जाती।

घर आकर मैंने झिलमिल को दुबारा कॉल लगाया और कहा मैं तुम्हारी कहानी सुनना चाहती हूँ, तुम आज अपना समय मेरे लिए ख़ाली रखना, मैं तुम्हें कॉल करूँगी, झिलमिल ने कहा अरे अपर्णा तुम जब गाँव आओ, यहाँ मेरे घर आना, हम दोनों, चाय बिस्किट साथ खाएँगे और किताब का मज़ा लेंगे, मैंने अभी अपनी किताब पूरी नहीं करी है, मैंने बोला ठीक है, मिलते है दो दिन बाद, पर इस बार कोशिश करना किताब पूरी करके मुझे दे दो। दो दिन बाद मैं कुछ समय के लिए अपने गाँव चली गई। झिलमिल का मेरे पास कॉल आया घर आजा बहन, अब तो इतने साल रुक गए, कुछ घंटे भारी लग रहें हैं अब तुमसे मिलने के लिए, पर शायद उस दिन मुझे सफ़र कि थकान ज़्यादा थी, मुझें हल्का बुख़ार था, नाक से पानी टपक रहा था, मैंने झिलमिल से कहा, यार अपने अगले हफ़्ते मिलते हैं, तब तक तबियत में थोड़ा सुधार हो जाएगा। झिलमिल ने भी मेरी बात को मान लिया, और

अगले हफ़्ते मिलने का हमने वायदा किया

4

झिलमिल मेरी पक्की यार थी

मैं और झिलमिल बहुत पुराने दोस्त हैं, उसे अपना बचपन याद करने में बहुत मज़ा आता था, ख़ाली समय में वो मुझे बचपन की अपनी खूबसूरत यादे बताती थीं , मैं भी उससे बिना झिझक अपने मन की सारी बात कह देती थी, पर फिर भी, ऐसे तो झिलमिल ने मुझे अनगिनत बचपन के क़िस्से सुनाए थे, पर इस बार मिलने का बड़ा मन था, बहुत साल जो हो गए थे, हमारी ज्यादा बात-चीत टेलीफोन पर या पत्र के माध्यम से ही होती थी। कुछ बाते वो बताती, कुछ क़िस्से मैं सुनती अपने बचपन के और समय यूँ ही बीत जाता, और इतने सालों में हमे दूरियों का अहसास नहीं हुआ।

एक बार जब मैंने, झिलमिल से उसके बचपन के बार में पूछा तो उसके पास ऐसी कहानी थी, जिसे सुनकर आँखें डब-डाबा जाए ,तो कई सुनकर हंसी का ठहाका छूट जाता था। उसके पास किससे और बातों का हमेशा पिटारा होता था, मजाल है कोई उसकी बातों से ऊब जाता हो, पोथी वो अपने साथ लेकर चलती थी गुजरे हुए लम्हों की जिन्हे वो सुनाते सुनाते कभी नहीं थकती थी, भले सामने वाला ऊब जाए |

लालटेन और बाँस की टोकरी

बड़े दिनों बाद इस बार झिलमिल शहर अपने मम्मी-पापा के पास आई थी, उसे अपने अस्पताल और जन सेवा से छुट्टी ही नहीं मिलती थी, उसने सेवा को अपना जीवन और धर्म बना लिया था,, पर उसे रह-रह कर अपना पैत्रिक गाँव बहुत याद आता था।एक दिन झिलमिल भागती हुई ऊपर छत पर आई और अपनी माँ

से बोली, मम्मी सुनो, ख़ाना में आज ज़्यादा कुछ मत बनाना, आज दाल-भात ही खाने हैं मुझे, पेट में मरोड़ पड़ रही है। मम्मी ने कहा, जरा अचार चख कर तो देखो जो भंडारे में रखा है, नंदू ने खेत से ताज़ा-ताज़ा आम तोड़े है, अब बाबा तो है नहीं, जो अचार बनाने के लिए गाँव से कच्चे आम भेजेंगे। झिलमिल ने नीचे जाकर, किचन की बत्ती जलाई और भंडारे में घुस गई, जैसे ही उसने बरनी का ढक्कन खोला, एक सोंधी ख़ुशबू आई, झिलमिल दो मिनट के लिए अपने ख़ूबसूरत बचपन की यादों में खो गई। झिलमिल की आँखें भर आई, उसे ऐसा लगा की वो दादी के किचन में अचार की ख़ुशबू है। उसकी दादी कच्चे फ़र्श पर बैठाकर, एक लकड़ी का पटरा देकर, सामने थाली में खाना परोसती थीं। चावल, दही, मीठे आम का अचार, दाल और सब्ज़ी। वो सूखे आलू, जो कढ़ाई में तब तक भूने जाते थे जब तक हल्के लाल नहीं हो जाते थे। उन आलू का स्वाद झिलमिल के मुँह में सदा बसा हुआ था। दोपहर के भोजन बाद दोनों लड़कियाँ अपनी दादी और बाबा के साथ बैठकर खीरा और मूढ़ी खाती थी, झिलमिल और तारा दोनों को चाय में मूढ़ी डालकर खाने में बड़ा आनंद आता था। आँसू भरी आँखो से भंडारे के बाहर अकार बोली, मम्मी, आपने तो मुझें मेरा बचपन याद दिला दिया। मम्मी मुझें यह अचार अपने साथ लेकर जाना है। मम्मी ने भंडारे से बरनी निकली और बोली बेटा, तुम्हारे लिए, अचार पहले ही मैंने अलग करके रख दिया है, अपने साथ ले जाना। झिलमिल ने बरनी छीनी और अपने झोले में रख लिया। मम्मी विभिन्न प्रकार के आचार डालने की बहुत शौक़ीन थी। गर्मी का मौसम आते ही अपने माली से खेत से कच्चे आम तोड़ने कहती और फिर विभिन्न प्रकार के खट्टे और मीठे आचार डालती थी। इस बार भी खेत में फसल अच्छी उतरी थी। मम्मी ने हसुए से आम काटे और मसाला मिलाकर बड़े से पतीले में डाल दिया धूप में सुखाने के लिए। अपनी बेटियों और सब पड़ोसी को आचार बाटने का शौक़ था उन्हें गर्मियों में। बाग़ान में आम गिरे और मसाले की ख़ुशबू पूरे गाँव में फैल जाती थी। यही सिलसिला कई सालों से जारी था। हुड़धंग मचाने वाली झिलमिल छुट्टियों में अपने घर की तरफ़ भागी चली आती थी। इस बार उसकी बड़ी बहन तारा का भी रिश्ता पक्का हो गया था, घर में अलग धूम थी। कचरी-पापड़, अचार छत्त पर सूखने के लिए सीढ़ियों पर गली महोल्ले के बच्चो की फ़ौज लगी रहती थी, ऐसा लगता था मानो घर में बच्चो की सेना हो। दृश्य बहुत प्यारा था, मैं बच्चो की भीड़ को हटाती हुई छत्त पर पहुँची तो देखा झिलमिल छाता लगाकर धूप में चारपाई पर बैठकर, कौए-कबूतर को कचरी पापड़ ख़राब करने से बचा रही थी। सिर पर टोपी आँखो में काला चश्मा, मानो चलती फिरती कोई विझुका हो। एक विज्ञात डॉक्टर को बचकानी हरकत देख कर

मेरी हँसी छूट गई। मैं धीरे-धीरे , अपने पाँव ज़मीन में दबाते हुए छत पर पहुँची, और मैंने पीछे से जाकर झिलमिली की आँखो पर हाथ रख दिया, झिलमिल ने मेरा हाथ हटाय तो ख़ुशी से चीख पड़ी, अरे अपर्णा तुम?? आ ही गई आख़िर मिलने मुझसे???अजनबी से दोस्ती और फिर जीवन भर की पक्की यारी एक बहुत प्यारा रिश्ता होता है। हम जीवन में दोस्त बनाते नहीं हैं, दोस्ती कमाई जाती हैं, ऐसे ही दोस्ती का उद्धरण हैं हम दोनों। थोड़ी देर हम दोनों वहीं बैठे-बैठे मूँगफली और पापड़ चुगते रहे, धूप मेरे सिर पर नाच रहीं थी, पर मूँगफली खाने पर मेरी रोक नहीं थी, मैंने ढाई सो ग्राम मूँगफली तो खा ही ली होगी, झिलमिल से इतने साल बाद मुलाक़ात हुई थी, घर वापिस जाने का मन ही नहीं हों रहा था। झिलमिल ने मुझसें कहा, चलो नीचे कमरे में चलते है, यहाँ धूप तेज है, मैंने कहा, बाज़ार चलोगी कुछ सामान ख़रीदना है, झिलमिल बोली ठीक है, चलो नीचे, मैं तैयार हों जाती हूँ, हम दोनों आपस में बात करते हुए नीचे कमरे में आ गए। झिलमिल बाथरूम में चली गई अपने हाथ पैर धोने, मैं झिलमिल की टेबल पर ऐसे ही कुछ देख रही थी, तभी मेरी नज़र वहाँ रखी डायरी पर पड़ी, मैंने जैसे ही उसे खोला, झिलमिल ने वो डायरी मेरे हाथ से छीन ली और बोली, यार यह मुझे छपवानी है, मैं किताब लिख रही हूँ, तुम्हें बताया था ना मैंने उस दिन फ़ोन पर, पर मुझे समझ नहीं आ रहा यह मेरा निर्णय सही है या ग़लत। पता है अपर्णा मैंने इस किताब में बहुत कुछ लिखा है, शायद यह मेरी आत्म कथा है, बहुत लोग इस कहानी को पसंद करेंगे, तो शायद कई तो इसे आधा पढ़कर कूड़े दान में फ़ेंक देंगे, मैंने काफ़ी समय लगाया है इसे पूरा करने में, मैंने कहा, झिलमिल यह किताब तुम मुझे दे दो, मैं इसे छाप दूँगी, झिलमिल बोली, अच्छा ठीक है अपर्णा, अभी इसका आख़िरी हिस्सा बाक़ी है, वो पूरा हो जाएगा तो मैं तुम्हें यह किताब तुम्हारे घर भिजवा दूँगी। पता है अपर्णा इसमें मैंने जीवन कि कठोर सच्चाई लिखी है, हम पल भर में क्या से क्या हो जाते है, हमारा शरीर मिट्टी का होता है, हम जीवन भर उस मिट्टी को गीली होने से बचाते है, और पलक झपकते ही, हमारा जीवन समाप्त हो जाता है, संसार की हर चीज मोह माया है, हम जिससे सबसे ज़्यादा मोहब्बत करते है, वो चीज हमसे दूर चली जाती है। शायद मेरे जीवन में भी ऐसा ही कुछ हुआ, बताऊँगी तुम्हें बाद में कभी, तुम्हें शायद कुछ पता ही नहीं है। मुझे स्वामी जी का प्रवचन याद आ गया, मुझे समझ आया कि ज़िंदगी को आप तब समझना शुरू करते हो, जब आप समझ जाते हो कि ज़िंदगी हमे एक ही बार मिलती है।

अरे वाह!! झिलमिल, कहानी तों बड़ी दिलचप्स है, पर तुम अभी मुझे पूरी कहानी मत बताओ, मैं अकेले में बैठकर इसे पढ़ूँगी??? अच्छा सुनो ना, तुम्हें भूत

प्रेत के कथ्यों में बहुत दिलचस्पी है ना, हमलोग क्लास में कैसे पीछे बैठकर ऊल-जलूल बातें किया करते थे! तुम उसके बारे में भी लिखी होगी इसमें पक्का?? झिलमिल ने मुझसे बोला, अरे अपर्णा, तुम पढ़ना इसे, हम, इंसान सोचते हैं भूत नहीं होते है, पर ऐसा नहीं होता है, शरीर से आत्मा निकलती है तो वो कही ना कही हवा में घूमती रहती है, और यह शाश्वत सच्चाई है, हाँ, हमे अंधविश्वश नहीं करना चाहिए, पर शरीर नश्वर है, आत्मा नहीं, और इस बात को मैंने तब माना, जब मैंने बाबा की रूह को महसूस किया, अपने घर में उनके चले जाने के बाद..तुम शायद मेरी बात का यक़ीन नहीं करोगी पर बाबा आए थे अपर्णा, कुछ मिनट के लिए महसूस हुआ की वो अपने कमरे में अपनी दवाई खा रहे है, पर जब तक मैं समझ पाती वो जा चुके थे, मम्मी भी वहीं बैठी थी, शाम का समय था, सब कुछ शांत हो गया था, वो दस सेकेंड बड़े डरावने थे, आज इतने साल बाद भी मैं काँप जाती हूँ, वो शाम याद करके। तुम मेरी इस किताब को पढ़ोगी तो तुम्हें बहुत मज़ा आएगा, क्योंकि इसमें हर एक बात सच्ची है, मैंने ज़िंदगी को बहुत क़रीब से महसूस किया हैं। तुम् बताना मेरी कहानी कैसी है। चलो अब बाज़ार चलते है, मैं सुनाते-सुनाते तुम्हें अभी कहानी का मज़ा नहीं देना चाहती, इतना कहकर झिलमिल ने झोला उठाया और हम दोनों बाज़ार चले गए। अगले हफ़्ते मैं अपने दफ़्तर लौट आई, इस बार मैं ख़ुद में काफ़ी बदलाव महसूस कर रहीं थी, शायद ये अंदर से शांत मन कि आवाज़ थी।

5

झिलमिल का अपने गांव के लिए मोह

बाबा के साथ गाँव जाती मैं।

झिलमिल संयुक्त परिवार की सबसे छोटी लड़की थी। बाबा-दादी, बुआ-फूफा, झिलमिल के ननिहाल वाले, तथा रिश्तेदारों के बीच में झिलमिल का खूबसूरत बचपन बीता था। जब वो बचपन में अपने गाँव जाती तो वहाँ नाते रिश्तेदार दोनों बहनों से मिलने आते थे, साथ- संग के उम्र वाले बच्चे पूरी दोपहरी साथ खेलते थे।

झिलमिल को बचपन से लिखने का शौक़ था, उसने एक मंच कार्यक्रम तैयार किया था। सब बच्चे साथ मिलकर वो नाटक प्रस्तुत किए थे। उसकी कुछ पंक्तियाँ उसे याद थी, पर समय बीत गया तो आधा नाटक वो भूल गई थी सुनाते-सुनाते।

गर्मी की छुट्टियों का झिलमिल को इंतज़ार रहता था, झिलमिल की छुट्टियाँ या तो अपने दादी घर में गुजरती थीं, या फिर अपने चचेरे-ममेरे भाई बहनों के साथ, बचा समय पड़ोसियों की बच्चे साथ खेलकर अपनी छुट्टियों का मज़ा लेते थे। छुट्टियों में उनके बाबा स्कूटी चलाकर दोनों लड़कियों को लेने आते थे। साथ एक स्टाफ आता था, जो बच्चियों का समान ढो कर साथ गाँव ले जाता था। गाँव में दादी पोतियो का इंतज़ार करती थी, बाबा बस से वापिस गाँव जाते थे, पहाड़ो के बीच से होता हुआ उनका गाँव, ऊपर नीचे उछलती बस, दोनों बहने झिलमिल और तारा चाव से खिड़की के बाहर झाँकती रहती थी। गाँव शहर से ज़्यादा दूर नहीं था क़रीबन चालीस मिनट लगते थे उन्हें शहर से गाँव पहुँचने में। स्कूटी वापिस उनका साथ में आया स्टाफ लेकर जाता था। तारा घर घुसते ही अपनी दादी से लिपट जाती थी, झिलमिल को छुआ-छाई में ज़्यादा मज़ा आता था। बाबा की डायरी को छेड़ना,उनकी दादी एक डिब्बी में सिक्के जमा करके रखती थी, सिक्के दोनों बहने अपास में गिनती थीं, फिर खेलकर वापिस डिब्बी में सिक्के रख देती थीं। अपनी स्कूटी को बाबा अपने बच्चे जैसे प्यार करते थे, उसे पोंछना, साफ़ करना उनका रोज़ का काम था। तारा बाबा के सिर चढ़ी थी। दोनों सुबह-सुबह ताजी सब्ज़ी लेने जाते, बाबा तारा को स्कूटी चलाना भी सिखाते थे। झिलमिल स्कूटी में पीछे झोले जैसे लटक कर जाती थी, वो वैसे भी अपने बाबा की आँखो में खटकती थी, जब मैंने यह वाक्य सुना , झिलमिल और मेरी हंसी छूट गई। बाबा को तारा और झिलमिल से बहुत लगाव था, अपने पोता-पोती वैसे भी हर बुजुर्ग को प्रिय होते हैं। बाबा उन्हें स्कूटर सिखाने का लालच देकर गाँव ले जाते, दोनों पोतियाँ बड़ी उत्सुकता से साथ जाने को तैयार हो जाती, गाँव मे दादी लड़कियों के आने की ख़ुशी में आम पापड़ बनाती, चिक्की बनाती, दूध के खोए से बर्फ़ी बनाती, होली आती तो गोले और मेवे की माला बनाती। झिलमिल को दही नहीं पसंद था, उसकी दादी दही से जुड़े कई फ़ायदे झिलमिल को सुनाती जाती और उसे दही खिलाती। घर सौ से भी

अधिक साल पुराना था, फ़र्श कच्चा था, जब दादी किचन में ख़ाना बनाती थी, और चावल का माढ़ किचन की नाली में बहाती ,तब गरम माढ़ की सोंधी महक नाक में ख़ुशबू भर देती, जो झिलमिल को हमेशा याद आता था चावल पसारते समय।गाँव जाते समय ऐसे ऊपर नीचे उछलती बस, झिलमिल और तारा झटके खाते हुए, उस खटारा बस में पुराने गाने सुनते हुए गाँव कब पहुँच जाती थी, समय का पता ही नहीं चलता था। गाँव में बिजली की समस्या आम बात थीं, लालटेन में बत्ती पिरोकर उसे मिट्टी तेल में डालकर लालटेन जलाई जाती थी, शायद अब के बच्चे तो इस आधुनिक उपोगिता को देखने को तरस जाएँगे। हम उस जमाने के बच्चे है जहाँ एक पैसा और पाँच पैसा कितना मूल्यवान होता था, कोइ हमसे पूछे, की हमने कौन कौन से अपने शौक़ जीए हैं, और कौन कौन से अवभ्वों में हमारा बचपन बीता, मजाल है हमने कभी अपने माँ-बाप से शिकायत की हो??? कितनी ख़ूबसूरत यादे होंगी हम् सब की, कोई किसी चीज के लिए ज़िद किया होगा, तो कोई कहीं मचला होगा।

गर्मियों की छुट्टियाँ शुरू हो गई थी, तारा और झिलमिल अपने बाबा- दादी के पास, अपने पैत्रिक गाँव, जो शहर से थोड़े ही दूर पर था, वहां जाने को उत्सुक्त थी। छुट्टियाँ, लड़कियों के लिए काफी उत्साह लेकर आती थी, शुरवात के कुछ दिन दोनों बहने अपना विद्यालय का कार्य पूरा कर लेती थी, ताकि जल्दी से जल्दी दोनों गांव जा सके। बाबा- दादी का मोह, उन्हें उनके पास जाने से रोक नहीं सकता था। बचपन की मासूम अठखेलिया , वो खूबसूरत यादें शायद ही किसी के जीवन से धुंदली होती होंगी। अवकाश शुरू होने से पहले से ही दोनों बहने छुट्टियों में क्या क्या करना है उसका विचार बनाना शुरू कर देती थीं। तारा, झिलमिल की बड़ी बहन थी, ज़्यादा उम्र का फ़र्क़ नहीं था, दोनों साथ खेलती और पढ़ाई करती थीं। मन में उत्साह और बाबा-दादी से मिलने जाने की तैयारी दोनों बड़े जोर शोर से करती थी। मां भी अपनी सास के लिए अचार, पापड़ , नमकीन साथ बांध कर देती थीं। बाउजी दोनों बेटियों को समझते थे कि वहां जाकर ज़्यादा बदमाशी मत करना, दादी की बात सुनना, दोनों लड़कियां उस वक़्त तो सिर हिलाकर बाबूजी की बात मान लेती थी, पर उन दोनों को पता था कि वहाँ उन्हें कोई रोकने- टोकने वाला नहीं होगा, खूब मजे करने वाली हैं दोनों। दोनों बहने बाबा का स्कूटर लेकर पूरे गांव के चक्कर लगाएंगी। बाउजी को पता था कि उनके पिताजी उनकी बेटियों को स्कूटर चलाना सीखा रहे हैं, पर उनके संस्कार उनके अपने पूज्य पिताजी से सवाल जवाब करने की अज्ञा नहीं देते थे। बाउजी यह सोचकर चुप हो जाते की, चलो मेरी जान छूटी। इनके बाबा जाने और उनकी लाडली पोतियाँ जाने। कुछ वर्षों पहले

झिलमिल और तारा के माता पिता काम के आवा-जाही के कष्ट से बचने के लिए शहर जाकर बस गए थे, पर दिल अपना गाँव में बसता था। बाबा की सोच तो नए जमाने कि थी, पर उन्हें भूत-प्रेत पोंगा-पंडित, धन, कुंडली ज़ैसी बाते बड़ी आकर्षित करती थी। उन्होंने झिलमिल को भी कई कहानियाँ सुनाई थीं। झिलमिल बड़ी चाव से उनकी बाते सुनती। तारा शांत स्वभाव की थी। उसे स्कूटर चलाने मे, बाबा के साथ पेड़ पोधे की रखवाली करने मे ज़्यादा मज़ा आता था। दादी के हाथ का बना साधारण ख़ाना भी उन्हें अमृत लगता था, दोनों लड़कियाँ बड़े चाव से खाती थीं। बाबा अपनी पोतियों की पसंद का ख़ास ख़याल रखते थे, शाम को बाबा झिलमिल के साथ बैठकर टीवी पर भूतिया नाटक देखते थे। वो ऐसा कोई मौक़ा गवाना नहीं चाहते थे की उनकी प्यारी पोतियाँ उनसे दूर भागे। बाबा अति बुद्धिमान थे, समय के अनुसार उनकी सिक्षा एक अच्छे विद्वान को भी पीछे छोड़ देती थी, झिलमिल यूहीं उनको याद करते करते रोन लगी थी। बाबा को गए हुए दस साल हो गए थे, पर तारा और झिलमिल के बचपन की यादें बहुत प्यारी थी, वो गांव की गलियों में अपना बचपन फिर से खोजती थी, बचपन होता ही इतना खूबसूरत है, बचपन निच्छल होता है, मन में भेद- भाव जैसी भावना नहीं होती है, बस उन्हीं यादों को समेट कर झिलमिल ने अपने बचपन की खूबसूरत यादे मुझसें कई बार साझा की थी। एक बार जब झिलमिल गाँव गई थीं तब गर्मी का मौसम था, बाबा ने कूलर चला रखा था, कूलर इतना बड़ा लोहे का, एक तरफ़ का ढक्कन खुला हुआ था, उसके मोटर से टप-टप करके गिरता हुआ पानी, जो चट पर रिस रहा था, उसकी खुशबू झिलमिल को बहुत पसंद थी, शाम को बाबा आँगन धोते थे,एक लंबा पाइप लगाकर तब झिलमिल आँगन के बीच में बैठ जाती थी, बाबा लगे हाथों उसे भी ठंडे पानी से स्नान करा देते थे, वो दशक ऐसा था की इच्छाएँ कम थी, मज़े ज़्यादा थे, ठक-ठक करके आइसक्रीम वाला आता था और चूसने वाली आइसक्रीम चवन्नी में दे जाता था, रंग बिरंगी आइसक्रीम, ओह-हो, सोचकर तो मेरे तो मुँह में पानी आ गया, झिलमिल और मैं उन्हीं खूबसूरत बचपन को याद करते करते अंधा-धुंद बातो में खो गए।

6

क्या सच्चाई है???

झिलमिल जिस स्कूल में पढ़ती थी ग्यारवी से पहले, उसका एक क़िस्सा बड़ा डरावना और रोचक था, स्कूल शमशान घाट की ज़मीन पर बना था, और आए दिन वहाँ बच्चे भूत-प्रेत के किस्से सुनाते थे, एक बार झिलमिल ने मुझे कहानी सुनाई थी, की गाँव से वापिस आने के बाद स्कूल शुरु हो गए थे, वो प्रातःकाल उठकर अपने विद्यालय के लिए तैयार होने गई थी, उस दिन उसकी तबीयत थोड़ी खराब होने के कारण उसने सोचा आज विद्यालय नहीं जाकर, घर पर रहूँगी, पर साप्ताहिक टेस्ट था, जाना ज़रूरी था, यह सोचकर वो तैयार हो गई, माताजी किसी से फ़ोन पर बात कर रही थी, दूसरी तरफ़ से दूरभाष पर आवाज़ आई? हैलो, कौन? दूरभाष पर, आप झिलमिल की माताजी हैं ?राधा, हाँ जी बताइए?दूरभाष! जी आंटी मैं सानवी, झिलमिल की सहेली, क्या झिलमिल स्कूल चलने के लिए तैयार हो गई, आज साप्ताहिक टेस्ट है , राधा हाँ , वो दस मिनट में निकल रही है, बारिश तेज है, हम लोग बस स्टैंड पर मिलेंगे, यह कहकर राधा ने दूरभाष रख दिया, तथा झिलमिल को लेकर बस स्टैंड के लिए निकल गई। झिलमिल बस स्टैंड पर खड़ी थी , बारिश काफ़ी तेज थी , झिलमिल की मम्मी और झिलमिल छतरी के नीचे खड़े होकर आपस में बात कर रहीं थी, तभी बारिश को चीरती हुई , तेज हवा को काटते हुए एक मटमैली सी ,अधेड़ उम्र की दिखती हुई, कुछ मार खाई , बस फर्राटे से दौड़ी चली आ रही थी।सभी बच्चे अपनी बारी के लिए पंक्ति लगाकर खड़े थे ताकि आने पर अपनी जगह पर बैठ जाएँ । झिलमिल, बस में अपनी जगह पर जाकर बैठी और खिड़की वाली सीट से अपनी माँ को हाथ हिलाकर अलविदा बोली। बस आगे निकल गई।समय अनुसार बच्चे अपने स्कूल के द्वार पर पहुँच गए, बारिश काफ़ी तेज हो गई थी, झिलमिल दौड़ते हुए अपने क्लास में घुस ही रही थी,

तभी उसने इशा को आते देखा। झिलमिल को बाथरूम जाना था, इशा से मिलकर झिलमिल बाथरूम चली गई, सुबह का समय था, सब बच्चे अपनी अपनी कक्षा में थे, उस दिन ठंड थी हल्की सी, बारिश के बाद का मौसम या तो चिपचिपा हो जाता है, या हल्का ठंडा,झिलमिल को कुछ घबराहट होने लगी, मानो उसने कुछ महसूस किया हो, वो पलट कर देखी तो, तेज़ आँधी से पेड़ लहरा रहे थे, जैसे आज हवा भी कुछ कहना चाहती हो, झिलमिल डर गई और भागते हुए अपनी क्लास में अकार बैठ गई। सुना है, स्कूल पुराना था , अंग्रेजों द्वारा बनवाया गया था, अंग्रेजों ने स्कूल की नींव , कब्रिस्तान की जमीन पर खड़ी की थी, अब इसकी असलियत तो बनवाने वाले ही जानते होंगे, इमारत भव्य थी, पर पुरानी थी, बच्चों को डर लगता था, इतना विशाल मैदान, इतनी ऊँची लाल ईंट की दीवार क्या कुछ नहीं था उस विध्यालय में, परन्तु काज- ख़र्चा काफ़ी है आने के कारण उपयोग न होने वाले कमरे जैसे कि केमिस्ट्री लैब , कुछ कक्षा एवं एक सीढ़ियों के नीचे बना बाथरूम बंद रहता था । बाथरूम के लिए नई-नई तरीके की कहानी बताई जाती थी , कोई कहता था कि यह बाथरूम इसलिए बंदे है क्योंकि उसमें भूतिया रहस्य हैं, किसी लड़की ने आत्महत्या की है, तो कोई कहता था कि बाथरूम को अंदर स्टोरेज की तरह इस्तमाल कर रहे हैं, बच्चे मनोरंजन के लिए शौचालय से जुड़ी बात को अपनी कहानी बना लेते थे तथा छोटे बच्चों को डराया करते थे, इस व्यवहार के लिए कई बच्चो को डाँट भी पड़ी थी, पर बच्चे होते तो शरारती हैं

झिलमिल की एक बहुत प्रिय दोस्त थी, ईशा , वो वहीं छात्रावास में रहती थी, पढ़ाई में काफ़ी तेज़, और दिल की साफ लड़की थी। ईशा रात्रि में छात्रावास के अंदर जाने से पहले बाथरूम गई, शौचालय में सन्नाटा था, वार्डन सारी छात्राओं को अपने -अपने स्थान पर भेज रही थी , उपस्थिति लग रही थी, ताकि सभी बच्चे छात्रावास में अकार सो जाए। बिजली नहीं थी, आँधी और तेज थी, खिड़की-दरवाज़े बहुत तेज़ तेज फटक रहे थे, सब बच्चे जल्दी जल्दी खिड़कियाँ बंद कर रहें थे, ताकी कमरे में पानी ना घुस जाए।सामने लैम्प पोस्ट जल रहे थे, सन्नाटा पसरा हुआ था, बाथरूम के दरवाज़े लोहे के थे, ईशा जैसे ही शौचालय में अंदर गई ,दरवाज़ा अटक गया, ना तो वो खुल रहा था ना वो बंद हो रहा था , ईशा ने बहुत आवाज़ लगाई , सब लड़कियाँ कमरे में रात्रि की पूजा कर रही थी , आँधी बारिश के कारण आवाज़ किसी ने भी नहीं सुनी। जब वार्डन ने बच्चों की गिनती की तो इशा को वहाँ नहीं पाया, वार्डन को याद आया कि इशा शौचालय गई है, पर बहुत समय हो गया, वो वापस क्यों नहीं आई?? वार्डन इशा को शौचालय में लेने गई, सीढ़ियों के नीचे वाले बाथरूम का दरवाजा खुला पड़ा था, वार्डन दौड़ती हुई अंदर गई, वहाँ जाकर

देखा तो ईशा बेसुध पड़ी थी, तथा आवाज़ लगा रही थी , उसका गला रोंधा हुआ था , वार्डन उसे छात्रावास में लेकर लौट गई, पूरी रात इशा कुछ बड़-बड़ कर रही थी, उसे बुखार भी बहुत तेज था , ठंड से उसका बदन काँप रहा था , ऐसा लग रहा था वो हदस गई है , वार्डन उससे कई बार पूछना चाह रही थी पर बुखार इशा के सिर पर चढ़ गया था। वार्डन ने अगले दिन इशा से पूछा तुम सीढ़ियों के नीचे बाथरूम क्यों गई??? परंतु बाथरूम तो बंद रहता है, आज उसका दरवाजा कैसे खुला रह गया??? किसी ने शरारत में ताला तो नहीं खोल दिया चाबी लेकर? उन्होंने इशा को सख़्ती से बोला, इशा ने कारण भी पूछा, पर वार्डन ने उसकी बात को टाल दिया, कहा जितना कह रही हूँ, सुन लो। बात को अनसुना करोगी तो दंड दिया जाएगा। वार्डन ने इशा से इस बात का ज़िक्र किसी से भी करने के लिए मना कर दिया। इशा, झिलमिल और सानवी को रात के हादसे का बताना चाहती थी, पर वार्डन की डाँट का डर था उसे। अगले दिन स्कूल का कार्यक्रम अच्छे से सम्पर्ण हो गया, दिन बीत गए ,अवकाश आ गए , सभी छात्राएं अपने घर चली गईं ईशा ने उस हादसे के बारे में किसी से ज़िक्र नहीं किया क्योंकि उसे लगा सब उसका मजाक बनाएंगे, पहले भी ऐसे क़िस्से- कहानियाँ हो चुके हैं, सच्चाई है, पर यक़ीन करना मुश्किल था, वो अपनी विवशता को मन में दबाकर घर जाने के लिए तैयार हो गई।

ईशा अपने माँ-बाप के साथ अवकाश मनाने गाँव लौट गई, कुछ दिन बीत गए ईशा अपनी माँ के साथ छुट्टियों का आनंद ले रही थी धीरे-धीरे उसका बुखार उतारने लगा वो भी हादसे को भूलने की कोशिश करने लगी। एक दिन नींद में उसने अजीबोगरीब सपना देखा, वो चीख उठी, अगली सुबह अपनी माँ के पास गई, माँ अपने बिस्तर की चादर समेट रही थी, इशा ने अपनी माँ को सारी बात बताई, क्यों उसे बुखार आया था, माँ ने उसकी बात को हल्के में लिया, उन्होंने उसे हनुमान चालीसा का पाठ करने को कहा था उसे समझाया उसके मन का वहम है, असलियत में भूत प्रेत या ऊपरी हवा ऐसी कोई चीज़ नहीं होती है, ईशा वहाँ से चली गयी पर उसे अपनी माँ की बातों पर यक़ीन नहीं था उस जमाने में मोबाइल फोन भी नहीं होते थे, ईशा ने झिलमिल को पत्र लिखा वह जानती थी कि इशा के लिए झिलमिल हमेशा बहन जैसी है ,कोई भी मुसीबत आएगी झिलमिल हमेशा उसकी मदद करेगी , इशा ने पत्र में लिखा,

प्रिय झिलमिल,

झिलमिल मैं जानती हूँ कि तुम मेरा पत्र पढ़कर खुश होगी, आशा करती हूँ तुम सही और स्वस्थ होंगी? मुझे पता नहीं कितने दिन बाद मेरा पत्र मिलेगा, अवकाश के बाद स्कूल आने के लिए मुझे बहुत जल्दी है , पर दिल में घबराहट है ,क्योंकि

मैं फिर दोबारा उस हादसे को बर्दाश्त नहीं कर पाऊँगी , जब मैंने अपनी मम्मी को बताया तो माँ ने मेरी बात टाल दी, कहा कि ऐसा कुछ नहीं होता यह तुम्हारा वहम है, झिलमिल मैं सही कह रही हूँ ,मैंने उस दिन कुछ देखा था,वहाँ कोई था, जो शारीरिक रूप में नहीं दिखाई दिया, पर उसकी आहट थी, उसके वहां होने का एहसास मुझे हुआ था। शौचालय का दरवाज़ा फँस गया था, मैं बार बार दरवाजा खोलने की कोशिश कर रही थी, मैंने इतनी आवाज़ भी लगायी, पर मेरी आवाज़ सिर्फ़ मुझे सुनाई दे रही थी। मैं इतना सेहम गई थी, कई रातें मुझे नींद नहीं आई, वार्डन ने मुझे तुम्हें बताने से मना कर दिया था, पर मेरा मन मान ही नहीं रहा था, तुम मेरी सबसे अच्छी सहेली हो ना, मम्मी के बाद मुझे किसी पर भरोसा है, तो वो अपनी दोस्ती पर है। पत्र का जवाब ज़रूर देना, अवकाश के बाद विद्यालय में तुमसे मिलने का इंतज़ार रहेगा ,

तुम्हारी प्यारी इशा ।

कुछ दिन बीत गए, ईशा को पत्र मिला, ईशा ने डाकिया से बोला था अगर मेरे नाम से पत्र आए तो आप मुझे ही देना, अगर माँ ने पत्र पढ़ लिया तो सवाल पूछेंगी, डाकिया पुराना था ईशा को बचपन से जानता था इसलिए उसकी बात मानने पर राज़ी हो गया। झिलमिल ने जो पत्र ईशा को लिखा था उसमें ईशा की मन की बात का जवाब साफ़ था, झिलमिल ने पत्र में लिखा था मैं तुम्हारी मन की परेशानी से वाक़िफ़ हूँ , मैं जानती हूँ कि,जो तुम ने महसूस किया वो वहम नहीं ,सच है, मैं भी ऐसी बातों पर यक़ीन करती हूँ , हम अवकाश के बाद जब मिलेंगे तब हम इस पर चर्चा से बात करेंगे , तुम घबराओ मत हर चीज़ का सही समय आता है।

समय बीत गया, अवकाश खत्म होने पर आ गए, जल्द विद्यालय खुलने वाला था, ईशा अपने विद्यालय जाने से डर रही थी, उसके मन में दबा वो डर रह-रह कर सता रहा था, उसने कई बार वार्डन से बात करने की सोची, अपने मन में पूरी कहानी तैयार की, की किस प्रकार वो उस डर का सामना करेगी, इशा के पिताजी गाँव के सचिव थे , उनके तबादले की बात चल रही थी, ईशा इस बात से वाक़िफ़ नहीं थी ,वो विद्यालय जाकर अपनी दोस्तों से मिलने के लिए उत्सुक थी , वो वापिस जाने की तैयारी में लगी थी ,उसकी माता जी ने उसे आकर सारी बात बताई,ईशा बहुत उदास हो गई, उसे झिलमिल से अलग होने का ग़म था ,इसलिए उसने झिलमिल को दुबारा पत्र लिखकर सारी बात बताई ,ईशा गांव छोड़कर जा रही थी , उसका स्कूल भी नया होगा ,नए माहौल में उसे नए दोस्त बनाने में समय लगेगा ,ईशा अपनी सहेली की मीठी यादें लेकर गाँव से दूसरे शहर चली गई। इशा का वो सवाल और सपना उसके मन में घर कर गया । उसे रह-रह कर एक ही

सपना आता था कि वो किसी कुएँ के पास खड़ी है ,कुएँ लाल रंग के कपड़े से ढका है ,यह एक ऐसा सवाल था जिसका जवाब मिलना मुश्किल था। कई बार इशा नींद में चिल्लाकर उठ जाती थी, इशा की मम्मी ने उसे चिकित्सक को दिखाया, समय के साथ बदलते माहौल और दवाइयों से इशा की तबीयत में सुधार आने लगा था ।

अवकाश खत्म हो गए, झिलमिल अपने स्कूल वापस आ गयी, सब लड़कियाँ अपनी छुट्टियों की कहानी एक दूसरे को बता रही थी पर झिलमिल की नज़रें ईशा को खोज रही थी। उसे उसकी बहुत याद आ रही थी । सानवी, झिलमिल और ईशा बहुत अच्छे दोस्त थे। समय बदल रहा था, झिलमिल बड़ी हो रही थी , उसे चाहिए था कि वो किसी से बात करे, किसी से मन की बात कहे, इशा से झिलमिल अपनी सारी मन की बातें कहा करती थी, उसका पढ़ाई में मन नहीं लगता था । सानवी और झिलमिल दोनो पेड़ के नीचे बैठ कर अपने खेल-खेला करती थी।

7

पुराने दोस्त से मुलाक़ात

कुछ सालो बाद, झिलमिल कक्षा दसवी में आ गई थी। उसके पिताजी गाँव से शहर आकर बस गए थे पूरे परिवार की सहमति से उन्होंने अपना घर शहर में ढूँढ लिया, नई शुरुवात, थोड़ी कठिनाई भरा था, धीरे- धीरे परिवार शहरी माहौल में ढल गया, झिलमिल भी अब बड़ी होने लगी थी, उसकी रुचि पढ़ाई में धीरे-धीरें फिर से भड़ने लगी थी। देखते है देखते एक साल और बीत गया, झिलमिल के पिताजी ने झिलमिल का दाख़िला नए स्कूल में करवा दिया था। झिलमिल को वहाँ नए दोस्त मिल गए, इस विधालय में लड़के-लड़की दोनों पढ़ते थे। झिलमिल अपने वाचाल स्वभाव के कारण, सिक्षक की बहुत प्रिय बन गई, उसे कलाचित्र में बहुत रुचि थी, गायन में भी बहुत उत्तम थी झिलमिल, आए दिन उसे इनाम से नवाज़ा जाता था। अपने स्कूल में लड़के लड़कियों की दोस्ती देखकर उसे भी मन करता था लड़कों से दोस्ती करने का, परन्तु लड़के उसके वाचाल स्वभाव से चिढ़ते थे, पर झिलमिल को क़तई फ़र्क़ नहीं पड़ता था क्योंकि उसे सबके साथ तुरंत घुल मिल जाने की आदत थी।पर शायद भीड़ में जो आपको अलग समझे ऐसा इंसान एक ही होता है, और उससे जब आपकी मुलाक़ात होती है, तो फिर इंसान अपने पैर सिर पर रखकर नाचता है, जैसा झिलमिल ने किया था। एक दिन झिलमिल अपने कोचिंग से लौट रही थी, ऑटो में भीड़ थी तो उसने थोड़ा आगे पैदल जाने का सोचा, उसने महसूस किया कि कोई लड़का साइकिल पर उसका पीछा कर रहा है, झिलमिल रास्ते में और तेज़ी से चलने लगी, उस लड़के ने रफ़्तार में आकर उसे पीछे से धक्का मारा, झिलमिल रोड के एक तरफ़ जाकर गिरी, दोपहर का समय था, रास्ता शांत था, उस अजनबी ने झिलमिल से उसका बैग माँगा, झिलमिल डर गई, उसने बैग उस साइकिल वाले को थमा दिया, वो लड़का वहाँ से भाग गया, झिलमिल रोते रोते घर

आई, उसने अपनी माँ को पूरी कहानी बताई, शाम को झिलमिल के पिताजी उसके लिए एक साइकिल लाए, और बोले कि अब इसी से कोचिंग आना-जाना। कुछ दिनों तक यह सिलसिला चलता रहा, झिलमिल रास्ते में आने जाने मे डरने लगी, पर उसने हिम्मत नहीं हारी, झिलमिल अपने परिवार के साथ एक किराए के मकान में रहती थी। उनके घर के सामने एक बहुत सुंदर और विशाल बांग्ला था, झिलमिल घर की बालकनी में बैठकर उस घर को निहारती रहती थी, पर उस घर का दरवाज़ा कभी कभार ही खुलता था, झिलमिल को बड़ी उत्सुकता रहती थी की आख़िर इस घर में रहता कौन हैं??? कोई तो आता जाता दिखता नहीं है??? माली पोधे में पानी ज़रूर डालने आता है सुबह और शाम, क्या एक बार जाकर देखा जाए??? झिलमिल ने दरबान से अनुमति लेकर घर अंदर से घूमना चाहा, पर हर बार दरबान उसकी बात टाल देता, यह कहकर मालिक बाहर गए हैं। एक बार उसे मौक़ा मिल गया अंदर जाने का, झिलमिल अपनी बड़ी बहन के साथ उस घर में गई, परियों की कहानियों से सुंदर घर था, इतनी सुंदर बगिया, माली मिट्टी में गुड़ाई कर रहे थे, नौकर चाकर गाड़ी धो रहे थे, तभी किसी की बड़ी नम्रता पूर्वक आवाज़ कानों मे पड़ी, आवाज़ भारी नहीं थी, एक लड़की की थी, भइया गाड़ी निकालिए, स्टेशन जाना है। झिलमिल ने पलट कर देखा तो इशा खड़ी थी, झिलमिल की आँखें डबडबा गई, इशा चीख कर झिलमिल से गले मिलने के लिए दौड़ी, इशा की आँखो में ख़ुशी का ठिकाना नहीं था, दोनों गले लगकर बहुत रोई। अपने बचपन के दोस्त से मिलने की ख़ुशी दोनों कि आँखो मे साफ़ झलक रही थी। इशा ने बताया की पिताजी ने यह घर ख़रीद लिया था कुछ साल पहले, वो लोग कभी-कभी यहाँ आते हैं, यहाँ के रख-रखाव को देखने, इशा अभी वहीं थी कुछ दिन, दोनों ने साथ समय बिताने का विचार बनाया। अगले दिन इशा और झिलमिल फिर मिली, इशा को वो स्कूल में हुए हादसे की कहानी याद आ गई, ईशा ने झिलमिल से पूछा, क्या तुमने वार्डन से बात की थी???? मैं आज तक उस हादसे को भूल नहीं पाई हूँ झिलमिल, मेरे मन में वो ख़ौफ़ घर कर गया, तुमको मैंने पत्र में ज़्यादा नहीं लिखा था, मैं बताऊँ हुआ क्या था???इतने सालों से वो बात मेरे ज़ेहन मे दब कर रेह गई। झिलमिल ने ईशा से कहा आज तुम अपने पिताजी के वापिस जाने के बाद अपनी माताजी से आज्ञा लेकर मेरे पास रात में रुक जाना, मेरा घर सामने ही तो है, इशा ने झट से झिलमिल की बात मान ली। इशा और झिलमिल कई सालो बाद साथ थी, दोनों के मन में बहुत सारी बाते थी, जो एक दूसरे को वो लोग बताना चाहती थी। इशा ने झिलमिल को स्कूल में हुए हादसा विस्तार में बताया, झिलमिल के रोंगटे खड़े हो गए, ईशा ने उसे बताया कि वो खेल रही थी अचानक से वार्डन ने कहा सब बच्चों को छात्रावास

में जाना है, इशा वार्डन से बोली की मुझे बाथरूम जाना है, इशा भागती हुई सीढ़ियो के नीचे वाले बाथरूम में गई क्योंकि उसे बड़ी तेज़ बाथरूम आई थी, इशा ने ध्यान नहीं दिया क्यों दरवाज़ा खुला हुआ था जो हमेशा बंद रहता था, इशा जैसी अंदर घुसी दरवाज़ा अटक गया। इशा ने बाहर आने की कोशिश की पर दरवाज़ा अटकने के कारण वो वहाँ फस गई, इशा ने देखा पहले वाला बाथरूम जिसका दरवाज़ा छोटा था उसकी दीवार के पास एक हाथ हैं, इशा ज़ोर का चिल्लायी और वहीं बेहोश हो गई बहुत देर बाद वार्डन दो स्टाफ लेकर आयी है और बड़ी मुश्किल से इशा को वहाँ से लेकर गई, मैं बेहोश थी और कुछ बडबड़ा रही थी जब वार्डन और स्टाफ ने बाथरूम को देखा अंदर जाकर वहाँ कुछ नहीं था बारिश तेज़ हो रही थी आँधी की गड़गड़ाहट थी और बिजली कड़क रही थी पुराना ज़माना था बिजली का संकट था बड़े हल्के लैम्पपोस्ट में स्कूल की बिल्डिंग दिख रही थी। इशा ने आधे होश में आँखें खोलने की कोशिश की तो पाया रात आधी बीत चुकी थी, आँधी अभी भी तेज थी, इशा खिड़की के पास जाकर खड़ी हो गई, उसने सामने मैदान के पेड़ हिलते हुए देखे, मैं डर से काँप रही थी, इशा जाकर वार्डन के कंबल में घुस गई, और माँ समान मेट्रन से चिपक कर सो गई। सुबह सबके माँ-पिता आने वाले थे, अवकाश शुरू हो गए थे, इशा शाम को अपने घर जाने वाली थी, वार्डन ने उसे डाँटा और कहा की हड़बड़ा कर कोई काम नहीं करने, स्कूल के कुछ नियम होते हैं, उसके अनुसार ही चलना होता है, अपने अपने हुए हादसे के साथ बहुत सारे सवाल दूसरे बच्चो के मन में पैदा कर दिए, तुमने जो देखा, उसमे सच्चाई हो सकती है, पर यक़ीन करना मुश्किल है, हम हालत को गंभीरता से देखेंगे, पर इस बात को यही ख़त्म कर देना, दूसरे बच्चो पर असर पड़ेगा, क्योंकि ऐसी कहानी पहले हो चुकी है, सच्चाई से कोई वाक़िफ़ नहीं है। तुम अपने घर जाओ, जब वापिस आओगी अवकाश के बाद तब इसपर बात करेंगे। झिलमिल ने इशा का हाथ पकड़ लिया, तथा दोनों तकिए पर लेट गई, और जल्द ही निंद्रा में खो गई। इशा की नींद बीच में खुली, उसने झिलमिल को उठाया दोनों फिर बातों की लहर में खो गई, दोनों ने अरसे बाद बाते की थी, इशा ने झिलमिल से पूछा क्या तुम्हें अपने स्कूल में कोई लड़का पसंद है??? झिलमिल ने उसे बताया कि एक लड़का है जो उसे अच्छा लगता है, पर यह बस उसकी नज़रों कि चाहत है। उस लड़के को कुछ भी नहीं पता। और वो ज़ोर ज़ोर से हँसने लगी। इशा ने बताया की उसका स्कूल लड़कियों वाला ही है, तो उसे कोई लड़का ऐसा ख़ास दिखा नहीं। सुबह इशा चाय पीकर अपने घर लौट गई, झिलमिल ने उसे गेल लगाकर अलविदा कहा तथा जल्दी मिलने का वायदा किया। दोनों ने महीने में दो बार एक दूसरे को पत्र लिखने का वायदा किया और इशा वहाँ से चली गई। सानवी

और ईशा के अलवा झिलमिल की एक दोस्त थी , नीली, जिसके साथ झिलमिल बस में साथ स्कूल जाती थी, दोनों एक ही कक्षा में थी , वापिस आते वक्त दोनों ठेले पर लिट्टी-चोखा खाते हुए आती थी, लिट्टी बिहार का एक प्रसिद्ध पकवान है,आलू चोखा, बैगन भरता और हरी चटनी, आए-हाए मुँह में पानी आ गया उसके स्वाद को अनुभव करके । उस दशक में नया नया चलन आया था स्लैम बुक का, स्लैम बुक को बच्चों और किशोरों के बीच पारित किया जाता है. बच्चे और किशोर एक दूसरे को सत्य-पुस्तक देकर एक दूसरे के बारे में जानने की कोशिश करते थे । अगर किसी लड़के को कोई लड़की पसंद है और उसे उसके बारे में जानना चाहता है तो वो लड़के या लड़की ख़ुद से या अपने किसी दोस्त के द्वारा भिजवा देते थे, उत्सुकता तो उसके बाद शुरू होती थी की अगर उसने नहीं भरा तो? ख़ाली वापिस भिजवा दिया तो???कई बार स्लैम-बुक कूड़े दान में भी पाई जाती थी, सारा प्रेम धरा की धरा रह जाता था । नीली और झिलमिल दोनों ने रुपय जमा किए और पास की दुकान से जाकर ख़रीद लाई, अब परेशानी ये थी की इसे भरेगा कौन??? अम्मा देखती तो सवाल पूछती, महीनों तक बैग में छिपाकर रखती थी दोनों । दोस्ती इंसान को मजबूत बनाती है, नीली और झिलमिल तो आजीवन दोस्त रही, लड़ती भी भयानक थी, पर दोस्ती पक्की थी ।

8

जीवन से अगले जन्म का सच

पता है मैं और झिलमिल साथ कक्षा में बैठे थे, हम दोनों अपना अपना ख़ाना खा रहे थे, तभी झिलमिल के शैतानी दिमाग़ में कुछ ऊल-झलूल क़िस्सा घूमने लगा, उसने मुझसे पूछा तुम अख़बार पढ़ती हो??? मैंने बोला हाँ कभी कभार, बोली पता है मुझे उसमे शोक-संदेश पढ़ने में बड़ा मज़ा आता है, क्योंकि मैं ना उसके बाद सोचती हूँ की आख़िर मृत शरीर का अंतिम संस्कार कैसे होता होगा, मैंने पता है अपर्णा, इसपर काफ़ी खोज बीन किया है, सुनोगी??? यह बोलकर वो चुप हो गई, उसके बाद जब उसने मुझें पूरी बात बताई, मेरे तो रोंगटे खड़े हो गए, मैंने कभी ऐसे ना पढ़ा था ना सुना था। मुझे तो यक़ीन नहीं था की किसी ईंसान को भूत प्रेत पर इतना विश्वास होता हैं, हमे तो लगता है की इस जीवन और अगले जीवन का कोई संबंध नहीं होता, पर ऐसा नहीं है, यह सच्चाई हैं, रूह हवा में कही ना कहीं रहती है, कहते है, जब आत्मा शरीर त्यागती है तो १३ दिन वो अपने रिश्तेदार और प्रिय जनो के बीच भटकती है, वो कोशिश करती है अपनी बात उनसे कहने की, क्योंकि कई बार आस्मिक मौत बहुत सारे सवाल पीछे छोड़ जाती है, कृपाल क्रिया भी इसी कारण से किया जाता है, ताकि शरीर की हड्डियों का ग़लत इस्तेमाल ना हो पाए। जैसे ही झिलमिल ने मुझे यह बात बोली मेरी दिलचप्सी और ज़्यादा भड़ गई, ऐसी डरवानी बातो को सुनने में और गहराई से जानने में मुझें भी मज़ा आता था। जब झिलमिल ने मुझे बताया कि उसे अंतिम क्रिया देखने में बहुत अच्छा लगता है, वो उस चीज को महसूस करती है कि ज़िंदगी के बाद आख़िर आत्मा का क्या होता है, एक बार झिलमिल अपनी गाड़ी से कहीं जा रही थी, पुल के नीचे समशान घाट

था, झिलमिल ने अपनी गाड़ी रोकी और चिता को जलाने की पूरी प्रीक्रिया वहाँ खड़े होकर देखी, एक कमजोर दिल के आदमी के लिए यह दृश्य बहुत डरा देने वाला है, पर झिलमिल के लिए यह आम बात थी, बाद में जब वो डॉक्टर बनी, तो उसे कई बार मुर्दा घर की ड्यूटी भी करनी पड़ती थी, झिलमिल का डर अंदर से धीरे-धीरे ख़त्म हो गया था। उसने अपने जीवन में कई बार ऐसी चीजों से सामना करना पड़ा था, उसने बताया कि उसके दादाजी कि मौत काफ़ी उम्र में जाकर हुई थी, झिलमिल को ख़ास लगाव था अपने बाबा से, मौत के कुछ १५ दिन बाद मम्मी और झिलमिल बाहर कमरे में बैठी थी, बग़ल सटे हुए कमरे में ऐसा लगा कि बाबा कि काँच कि अलमारी किसी ने खोली, अलमारी का काँच कच्चा था, उसे सरकाने में, काफ़ी आवाज़ आती थीं, अलमारी के अंदर से किसी ने दवा निकाली, उसे सूंघा, और अलमारी का सीशा बंद हो गया, झिलमिल इतना ज़्यादा डर गई थी, पर उसके बाद बाबा दुबारा अकार कभी अपने होने का एहसास नहीं दियह। वो मात्र १० सेकंड का एहसास था, पर झिलमिल अंदर तक से हिल गई थी, तब उसने आत्मा के बारे में पढ़ना शुरू किया, की आखिर सच्चाई क्या है??? बचपन में भी स्कूल में कई किससे हो चुके थे, अब तो इसे पढ़ना ही होगा, मौक़ा मिलेगा तो किसी जानकर के पास जाकर इसके बारे में पूछूँगी।अपर्णा तुम कृपाल जानती हो क्या होती है?? वो क्या होता है??नहीं झिलमिल पर बड़ा मज़ा आ रहा है, तुम सुनाओ ना, अरे कृपाल क्रिया में पंडित जी एक मोटा सा लट्ठ , जो चिता को अग्नि देता है, उसके हाथ में देते है, और कहते है, मृत का सिर उस लठ से फोड़ने के लिए,,

क्यूँ पर???? ताकि कोई अघोरी उसे लेजाकर ग़लत इस्तेमाल ना करे,और दूसरा कारण यह भी होता हैं की इस जीवन और आत्मा के बीच कोई संबंध ना रह जाए, अन्यथा आत्मा को कभी शांति नहीं मिलेगी, और वो भटकती रहेगी, अगर किसी ग़लत अघोरी के संबंध में आ गई, तो अघोरी उसका ग़लत इस्तेमाल भी कर सकता है, जो दूसरो को हानि पहुँचा सकती है। कहते है समशान घाट से आते समय पीछे पलट कर नहीं देखते हैं!!! इसका कारण पता है??? झिलमिल आगे बताती तब तक हमारा भोजनावकाश भी ख़त्म हो गया था, पर हमारी बात अगले दिन के लिए रह गई थी। मैंने झिलमिल से कहा यार आज तो मैंने इतने क़रीब से आत्मा संबंधित वाक्य सुना, आज से पहले कभी इस प्रकार की वाक्य पर चर्चा ही नहीं हुई, कल हमलोग इस बात पर पुरी चर्चा करेंगे।

अगले दिन झिलमिल ने अपनी बात मुझे पूरी बताई, उस ने सुनाया, समशान घाट से घर जाते समय इसलिए नहीं पीछे देखते क्योंकि आत्मा अपने परिजन के पास वापिस जाना चाहती हैं, शरीर का मोह ही ऐसा ही होता है, अगर मनुष्य पीछे

पलट कर देखेगा तो आत्मा उसके साथ चली जाएगी, ऐसे में आत्मा को मुक्ति नहीं मिलती है, बिना पलटे, हम चिता पर सिक्के बरसाते है, इसका भी एक मुख्य कारण होता है, हम आत्मा को कहते है की उस जीवन में तुम्हें किसी चीज की ज़रूरत ना पड़े, तुम अपनी धन दोलत यहीं त्याग कर जाओ, ताकि तुम्हारी आत्मा को शांति मिले। आख़िर कुछ संबंध तो होता है दोनों दुनिया के बीच, अन्यथा क्यूँ परिजन की मृत्यु के बाद घर वाले तेरहा दिन बाद हवन करवाते हैं?? शरीर को ऐसे ही खेत में छोड़ देते ताकि वो पंचतत्व में मिलकर ख़ुद खाद बन जाए, पर ऐसा नहीं होता, पूरे रीति-रिवाज के साथ मिट्टी को विदा किया जाता है, उन तेरह दिनों में काफ़ी बातो का ख़ास ध्यान रखना पड़ता है, अग्नि देने वाला कहीं घर के बाहर नहीं जा सकता, उसे सादा कपड़े पहनाय जाते हैं, ख़ाना भी सादा होता है, किसी भी तरह का मिर्च मसाला या कोई भी चटकारे वाला ख़ाना उस समय क्रियाक्रम करने वाले को नहीं दिया जाता है। कहते है पुत्र अग्नि देता है, बाल देना भी एक रिवाज हैं, वो समय बहुत कठिन होता है, क्योंकि समशान घाट पर होने वाली पूरी प्रीक्रिया से इंसान डर जाता है। पर यह सब रीत बनाई हुई है, और आज भी कई घर ऐसे हैं, जो पूरे रीत के साथ इस प्रक्रिया को संपर्ण करते हैं।

झिलमिल की बात मुझे काफ़ी प्रभावित की, उनके कई दोस्त हैं जो दूसरी दुनिया में गए लोगो से बात करते है, अब यह कहाँ तक सच है वो तो उसके दोस्त ही जानते होंगे, और वो यह बताते है की जब हम उन आत्मा से बात करने की कोशिश करते हैं तो वो लोग रोते है, वो कहीं ना कहीं एक गहरी पीड़ा में होते हैं, वो कोशिश करते हैं अपने परिजन के पास वापिस आने का, इसलिए जहाँ तक हो सके, बिना किसी वजह हमे आत्मा को बुलाना नहीं चाहिए, क्योंकि उन्हें बहुत कष्ट होता है।

9

प्रेम की परिभाषा झिलमिल की नजर से

पता है झिलमिल के हाथ में प्यार की लकीर ही नहीं थीं। उसकी हथेली अनगिनत लकीरों से भरी हुई थी,जैस उसने कलम से वो लकीरें खुद बनाई हो अपनी खुद को खुश रखने के लिए, उन सभी लकीरों के बीच पर प्यार की लकीर कहीं गुम थी, उसे तर्रकी तो हासिल हुई, वो बचपन से डॉक्टर बनना चाहती थी, पर मोहब्बत करने में वो धोखा खा गई , मोहब्बत जीवन का एक अहम हिस्सा होता है, गौरतलब उसने हरीश को पाने के लिए अपना जीवन त्याग दिया, पर अंत में उसे मिली सिर्फ तकलीफ और तन्हाई, पता है झिलमिल मुझसे कहती थी, वक्त गुजर जाता है, और हम उन खूबसूरत यादों को मन में लिए, अच्छी यादों को समेट कर उनकी एक गठरी दिल में रख लेते है, जीवन भर आप इन्हें कहीं ना कहीं याद करके मुस्कुराओगे, और जहां मन में खटास आ गई, वहां चीजे मुश्किल हो जाती हैं, जरा-जरा सी बात, दिमाग में घर कर जाती है, यह हमारे ऊपर होता है कि हम बात को किस अंदाज़ में लेते हैं, हरीश झिलमिल से बहुत प्यार करता था, वो एक सच्चे दिल से मोहब्बत करने वाला लड़का था, कई बार हरीश तो झिलमिल को कॉल करके उसकी याद में रोता भी था, झिलमिल ने बताया था कि जब वो लोग शुरुवाती दौर में एक दूसरे से मिलते थे , तो झिलमिल अलग होने पर फूट-फूट कर रोती थी, हरीश भी बेमन से अपने कॉलेज वापिस जाता था, पहले दोनों पूरे समय फोन पर लगे रहते थे, दुनिया भर की बात दोनों के बीच होती थी, उस वक़्त टेलीफोन के बिल भी बहुत आते थे, तो दोनों फ्री वाले सिम लेते थे, कुछ दिन बाद जब उसमें रुपए खतम हो जाते थे तो वो लोग सिम तोड़ कर फेंक देते थे, यह सिलसिला कई

सालों तक चला, ज़ेब में रुपए तो गिने चुने होते थे, आखिर थे तो दोनों मध्यम वर्गी परीवार से, जहां एक-एक रुपए कि एहमियत बचपन से सीखा दी जाती है, इन दोनों का मामला भी ऐसा ही था, धीरे-धीरे, एक-एक जेब खर्च जोड़ कर दोनों अपनी ख्वाहिश पूरी करते थे, बाद में जब समझदारी आ गई तो जिंदगी को और करीब से देखने लगे, पर हर हाल में दोनों ने अपना सपना पूरा करना ज़्यादा ज़रूरी समझते थे, शायद वक़्त की कमी थी, और ख्वाब कई सारे, जिन्हें पूरा होते होते बहुत समय लग जाता, हरीश के ऊपर कई जिम्मेदारी थी, उसके पास एक-एक मिनट बस अपनी पढ़ाई के लिए था, झिलमिल के ख्वाब कहीं ना कहीं हरीश के सपनों से टकरा जाते थे, तब उनके बीच लड़ाई होती थी, हरीश हमेशा से धिर-गंभीर था, वहीं झिलमिल चंचल और नटखट, बात-बात पर मुंह फुला लेना, झगड़ा करना, बात को खींचना, नाटक दिखाना उसका रोज का था, प्यार का मतलब समर्पण होता है, जहां आपके बीच समझदारी नहीं है वहीं रिश्ते की डोर कच्ची हो जाएगी, और ज़्यादा खींचने पर डोर टूट भी जाती है, इस बात की समझ झिलमिल को बहुत देर से आई जब उनका रिश्ता ख़तम हो गया था, झिलमिल ने हरीश को हद से ज़्यादा मोहब्बत करने की सज़ा पाई थीं, उसे था की डाक्टरी करके वो हरीश से शादी कर लेगी, पर हरीश के सपने वहीं तक सीमित नहीं थे, झिलमिल के लिए पढ़ाई, परिवार, और हरीश के एक अलावा भी एक दुनिया थी, जो उसने ख़ुद बसाई थी, जिसमे उसके ख़्वाब थे, हरीश से शादी के बाद की सुनहरी दुनिया उसने बुन रखी थी, पर जब अनचाहे ख़्वाब टूटते हैं ना तो बहुत बुरा लगता है, उस वक़्त हम बिखर जाते हैं, सारे सपने रेत जैसे फिसल जाते है, झिलमिल की जो हालत थी उस वक़्त, शायद कोई और होता तो वो अपनी जान दे देता, पर झिलमिल बहुत पक्के दिल की लड़की थी, इतना होने के बाद वो रोकर पीछे हट गई, शायद मेडिकल में हम पक्के दिल के हो जाते हैं, ऐसा नहीं हैं की बस डॉक्टर्स ही पक्के दिल के होते है, हालात से जूझ रहा इंसान ना चाह कर भी मज़बूत बन जाता है। डॉक्टर्स के लिए ऐसे क़िस्से सामने, आए दिन टेबल पर अध मरे हालत में पड़े होते हैं, और उन्हें उनकी जाँच करनी होती है, कई बार मरीज़ की हालत और बदतर भी होती है, पर यह सच्चाई है हरीश के जाने के बाद झिलमिल बुरी तरह से टूट गई थी, उसे समझ नहीं आ रहा था की कैसे सब ठीक होगा, कोई तो होगा जो हरीश को समझाएगा, हरीश ने तो जैसे क़सम खा ली थी, की अब अलग होना है, वरना इतना प्यार करने वाला लड़का यूहीं छोड़ कर नहीं चला जाता, क्या हुआ दोनों के बीच वो तो झिलमिल और हरीश ही जानते थे । झिलमिल ने मुझे पूरी बात कभी भी नहीं बताई, वो बस यह कहती थी, एक आँधी आइ, और एक पल में सब बिखर गया,

मैंने बहुत कोशिश की हरीश को अपने जीवन में वापिस लेने की, पर वो जा चुका था। वो वापिस नहीं आना चाहता था, उसने मेरे जीवन में प्यार भर दिया, इतना कि मुझे एक उम्र कम पड़ जाएगी उस प्यार को भूलने में, कुछ रिश्ते सच में बहुत खूबसूरत होते हैं, पर उनका एक वक़्त होता है, और जब समय पूरा हो जाता है तो, वो कहानी या तो पूरी हो जाती है, या किताब के पन्नो में सिमट कर रह जाती है, जैसे इन दोनों के साथ हुआ, दोनों ने कई साल साथ बिताए, और कई बार दोनों प्यार किए, तो कई बार खूब लड़े, पर झिलमिल ने ऐसा कभी नहीं सोचा था की एक दिन ऐसा भी आएगा कि हरीश से वो एक शब्द भी कहने को तरस जाएगी, जिससे वो अपने मन की हर बात करती थी, जब झिलमिल विदेश में थी, और वहाँ उसे रात में कमरे में अकेले घबराहट होती थी, तो वो मन में हरीश की खूबसूरत मूरत याद करके मुस्कुरा लेती थीं, वो अपने मन की बात किसी से कह भी नहीं सकती थी, सुनने और समझने वाला था कौन??? जब हरीश ही पीछे हट गया था तो वो अपने मन की बात किसी को बताकर ख़ुद का ही मज़ाक़ बनवाती, वो वक़्त के साथ संकोची हो गई थी। जहाँ तक झिलमिल ने उसका रूप मुझे बताया है, मुझे विश्वास है, वो सच में एक अच्छा लड़का होगा, मैं दोस्त थी हरीश की , और झिलमिल एक प्रेमिका, तो ग़ौरतलब है झिलमिल हरीश को बहुत क़रीब से जानती होगी, क्योंकि झिलमिल ने कभी भी उसके बारे में कोई बात ख़राब नहीं बोली, शायद प्रेम इसे ही कहते हैं। हमेशा हरीश की उसने अच्छी बाते ही सामने रखी। झिलमिल डरपोक और कमजोर थी, अगर हरीश नाराज़ था, तो वो उसे समझा सकती थी, पर वो ख़ुद भी हार मानकर बैठ गई थी, की इस रिश्ते का अंत हो चुका है, आखिर वो बेचारी भी कितना पीछे भागती, छह महीना उसने लगातार हरीश को कॉल किया था, हरीश उसकी आवाज़ सुनते ही कॉल काट देता था, झिलमिल अपने शहर वापिस आ चुकी थी, शहर का ऐसा कोई टेलीफोन बूथ नहीं था जहाँ से झिलमिल ने हरीश को कॉल नहीं लगाया था, पर शायद हरीश ने अपना मन पक्का कर लिया था, की बस अब और नहीं, मैं हरीश के चरित्र पर सवाल जवाब नहीं कर रहीं, पर लड़कों के भी सहने की एक क्षमता होती है, या तो वो टूट जाते हैं, या उभर जाते हैं, और हरीश उभर गया था, झिलमिल के कुछ करीबी दोस्तों ने बताया था कि हरीश उदास रहता है, पर अब वो वापिस नहीं आएगा झिलमिल, उसने अपना मन पक्का कर लिया है, जहां झिलमिल को एक आस जगती, वो ऐसी बाते सुनकर फिर उदास हो जाती थी, और फिर बहुत रोती थी, उसके लिए जीवन बहुत कठिन होते जा रहा था।पता है मैं कहीं ना कहीं, ज़िंदगी की असलियत से वाक़िफ़ हूँ। इस जीवन में कोई किसी का अपना नहीं होता है, आप सबसे ज़्यादा जिससे प्यार करेंगे, भरोसा करेंगे वो इंसान

आपको सबसे ज़्यादा दुःख देगा। जीवन, परिश्रम का दूसरा नाम हैं, इसमें हमे हर रोज़, नई चुनौतियों से गुजरना पड़ता है, बहुत कठिन समय में भी, अगर हम ख़ुद पर धैर्य रखे, तो हो सकता है आने वाले समय में चीजें सुधर जाए। आपको पता है हर बच्चा अपनी क़िस्मत साथ लेकर पैदा होता है, उसके साथ उसकी पूरी जीवन शैली की ख़ुशियाँ और परेशानी साथ बंध कर आती हैं। एक बच्चा मुट्ठी बंद करके आता है, जीवन शैली पुरी होने पर हाथ खोलकर इस दुनिया से विदा हो जाता है, इसका तात्पर्य ही यह है की हम अपनी क़िस्मत अपने साथ बन्द मुट्ठी में लाते हैं, और जाते वक़्त सबकुछ पीछे छोड़ जाते हैं। अपने किए हुए कर्मों का फल हमे यहीं चुकाना होता है, कुछ अच्छे तो कुछ बुरे कर्म हमारे पल्ले से बंधे होते हैं। पिछले जन्म के कर्म का फल कहीं ना कहीं हमे इस जीवन में मिलता हैं, अपनी आदत और हरकतों पर हमे निरंतर ध्यान रखना चाहिए, क्योंकि कर्मों का हिसाब ऊपर वाले की पोथी में बराबर लिखा जाता है, अगर आपके कर्म अच्छे है, तो कोई ज़रूरी नहीं कि आपको राजयोग का सुख मिले, पीड़ा और तकलीफ कहीं ना कहीं हमसे जुड़ी रहती है। जैसे कर्म करेंगे, भाग्य वैसा ही बन जाता है, किसी-किसी के जीवन में यश नहीं होता, उसे अपने हर काम के लिए अवेल्हना झेलनी पड़ती है, और कोई तो ऐसा होता है की बिना ज़्यादा कुछ किए भी समाज़ में उसकी अलग पहचान होती है, सब वक़्त का खेल होता है, वक़्त से बड़ा कोई नहीं होता, वक़्त अच्छा हो तो आपको सब दुःख भी सुख समान लगेंगे, और अगर वक़्त ने करवट ली, तो बना बनाया काम भी ख़राब हो जाता है।

इन्हीं सब विचारों को दिन भर सोचती रहती थीं, एक दिन मैं अपने दफ़्तर में काफ़ी उदास बैठी थी, मेरी सहकर्मी ने आकर मुझे टोका, पर मैं किसी सोच में खोई हुई थी, कर्मचारी ने मुझे कई बार मेरे नाम से पुकारा, तब जाकर मैंने जवाब दिया, और उससे कहा, हाँ, बैठो ना, मैं बस झिलमिल और हरीश के बारे में ही सोच रही थी, मेरी किताब तो अब एक तरह से पूरी होने वाली है, झिलमिल भी काफ़ी खुश है की इतने सालों बाद मेरे ही पब्लिशिंग हाउस ने उसकी कहानी को मंज़ूरी दे दी है, झिलमिल ने कहा है की अगर किताब छपने पर हो सकेगा तो वो शहर ज़रूर आएगी, और अपनी जीवन कथा को अपनी आँखो के सामने छपते हुए देखेगी, पता है, प्यार का असली मतलब ही सामने वाले को इज़्ज़त देना होता है, ज़बरदस्ती किसी रिश्ते को पकड़ कर रखना कहीं की समझदारी नहीं होती है, बार-बार के झगड़े और तनाव से अच्छा होता है, इंसान अलग हो जाए, कुछ रिश्ते अच्छी यादों को जोड़ने के लिए बने होते है, उन रिश्तों का कोई भविष्य नहीं होता है, आप उनसे जुड़ी अच्छी यादेयाद करके जीवन भर मुस्कुरा सकते हैं, हरीश और झिलमिल के

जीवन के वो सात साल बहुत खूबसूरत थे, दोनों ने अपने जीवन का बहुत प्यारा समय साथ बिताया था, हरीश ने झिलमिल को दिमाग़ को शांत रखने में बहुत साथ देता था, एक समय ऐसा था की झिलमिल कुछ दिमाग़ी परेशानियों से गुजर रही थी, अपने मन की बात वो किसी से कह नहीं पाती थी, हरीश उसका बहुत ख़याल रखता था, उसे परेशान ना होने के लिए उसको कई तरह के सुझाव देता था, डॉक्टरी की पढ़ाई आसान नहीं होती है, कई बार उसे हार का भी सामना करना पड़ता है, भले डॉक्टर बनते समय वो वचन लेता है की किसी भी कठिन परिस्थिति में वो कमजोर नहीं पड़ेगा, पर जो भी हो, पर मेरा ऐसा मानना है की, इंसान का दिल कच्चा होता है, धीरे-धीरे उसमे ख़ुद की कमजोरी से लड़ने की शक्ति आती है, डॉक्टर्स को हम निर्दय समझते है, पर इंसान की ज़िंदगी और मौत की डोर सब ऊपर वाले के हाथ में है, बनाता भी वही है, बिगड़ता भी वही है, डॉक्टर तो एक कड़ी है इस रस्सी के छोर की, ऊपर से हमारी रखवाली ईश्वर ही करते हैं, बस डॉक्टर्स को उन्होंने एक ज़रिया बना दिया है, इंसान तक पहुँचने का। होनी अनहोनी सब पहले से ही लिखी होती है।

मेरा झिलमिल से यूँ मिलना भी इतेफ़ाक़ ही था, न्या न्या स्कूल था, दोनो पहली बार कक्षा ग्यारव्ही में मिले। झिलमिल जैसी थोड़ी सुलझी तो थोड़ी झल्ली इंसान मैंने बहुत कम देखी है, जिसने जीवन में इतनी तर्राक्की की पर अपने ज़मीन से हमेशा जुड़ी रहीं, उन्होंने अपने बारे में मुझे खुल कर बताया, उन्हें देखकर कोई हर कोई कहता था, ये लड़की नाम रोशन करेगी, और वो इतनी बड़ी डॉक्टर बनने वाली थी, चेहरे पर अलग ही तेज था, हाँ पर थी कट्टर, अपने आगे किसी की भी नहीं सुनती थी, वो काफ़ी मानसिक तनाव से गुजर रहीं थी, शायद हाल ही में उनके दादाजी का दिहांत हुआ था, उनकी दादी माँ तो कई साल पहले गुजर गईं थीं, झिलमिल की आँखो में एक अजीब सी उदासीनता थीं, कई बाते उसे अंदर ही अंदर खाई जा रहीं थी, वो शायद अपने रिश्ते से भी परेशान थी, घर वाले शादी के लिए उसपर दवाब बना रहे थे,और उनका मन कहीं और लगा हुआ था, कई सारे मसलों और बातो के बीच बहुत साल बीत गए पता ही नहीं चला, मुझे अपनी किताब एकदम अलग लिखनी थी, मैंने इसलिए झिलमिल से पूछा उसकी कहानी का, क्योंकि जो कहानी वो लिख रही थी वो बिलकुल नई थीं, और जिसे कोई पढ़े तो उसे प्यार पर भरोसा हो, प्यार दिखवा नहीं हैं, यह दो दिलों का संगम हैं, यह एक ऐसी ख़ूबसूरत परिभाषा हैं, जिसने इसका अमृत चख लिया, उसने अपने जीवन का सबसे प्यारा समय जी लिया। हमे उम्र के पड़ाव में एक साथी की ज़रूरत होती है, जिसे हम अपनी हर वो बात कह सके, जो सामने वाले बिना कोई निष्कर्ष और

निर्णय निकाले, हमारा साथ पूरी सिद्धत से दे सके।

10
कॉलेज के दिन

बड़ी सोच विचारी करने के बाद कुल देवी का मंदिर जाने वाला दिन आ गया था, मंदिर 100 किलोमीटर दूर था, पूरा परिवार गाड़ी भरकर शहर से दूर मंदिर गया, सबने मिलकर खूब सैर-सपाटा किया, एक छोटी पिकनिक का आयोजन किया गया था, यह एक तरह का झिलमिल के लिए विदाई समारोह था, परिवार सहित झिलमिल ने मंदिर के दर्शन किए, वहीं पीछे बहुत बड़ा बाग़ान था, वहाँ बड़े-बड़े आम के पेड़ लगे हुए थे, फलदार पेड़ पर चढ़कर झिलमिल ने खूब सारे आम तोड़े और एक झोले में भर लिए, पूरा दिन मस्ती करने के बाद परिवार ने वापिस शहर लौट रहा था, रात काफ़ी हो गई थी, ड्राइवर और पिताजी आगे की सीट पर बैठे थे, मम्मी अपनी दोनों बेटियों के साथ पीछे सीट पर अर्धनिद्रा में थी, झिलमिल की एकाएक नींद टूटी, उसने देखा उसे शीशे के बगल से एक औरत बीच रास्ते मे दौड़ी चली जा रही है, उस औरत की गति गाड़ी जितनी तेज थी,(सच्ची घटना पर आधारित वाक्य) जब तक झिलमिल कुछ समझ पाती, झिलमिल चीखी, पर वो साया हवा में खो गया| झिलमिल बहुत देर तक शीशे से बाहर झांकती रही, पर वो रूह तो हवा के झोंके की तरह फुर्र हो गई। परिवार ने सोचा कोहरा होगा, या बादल उड़ रहे होंगे, ठंड काफ़ी थी, गाड़ी के सीशे पर धुंद जमा हो रही थी। बात आई गई सी हो गई।झिलमिल को एकाएक इशा की बात याद आने लगी, वो सहम गई,घर वापिस आकर झिलमिल ने हरीश को फ़ोन पर सारी बात बताई, हरीश ने उसे रात में हनुमान चालीसा का पाठ करके सोने बोला, ताकि झिलमिल को डरवाने सपने ना आए। कुछ दिन तक झिलमिल ने ऐसा ही किया, और उसका मन धीरे-धीरे शांत होने लगा।

झिलमिल हरीश से अपने मन की हर एक बात करती थी, वो उसका एक ऐसा दोस्त था जो उसकी ख़ामोशी पढ़ लेता था।हरीश ने उसे पहले ही बता दिया था कि कॉलेज में रैगिंग होती हैं, अगर तुमने ज्यादा आनाकानी करी, तो विद्यार्थी और ज़्यादा तंग करेंगे और तुम्हारे पाँच साल बहुत कठिन हो जाएँगे, तुम अपनी पढ़ाई में धयान लगाना क्योंकि यह वक़्त सिर्फ़ और सिर्फ़ पढ़ने का हैं, डॉक्टर बन कर हम अपना सपना पूरा करेंगे, जैसा कहता हूँ, वैसा करना, ताकि रैगिंग से जल्दी निज्जात मिल जाए। हरीश अपने कॉलेज चला गया, शुरुवात के दिनों में कुछ फॉर्म जमा करने थे, एक दिन हरीश कॉलेज की ऑफिस खिड़की पर खड़ा था, तभी वहाँ एक लंबा-चौड़ा लड़का आया, उसे शायद कुछ ज़्यादा ही जल्दी थी अपना कागज जमा करवाने की, हरीश कुछ कह पता या समझ पाता, वो लड़का हल्ला करते हुए दूसरी खिड़की पर चला गया, हरीश वहाँ गया तो वो लड़का तीसरी खिड़की पर चला गया, हरीश को उस लड़के की इस हरकत पर हंसी आ गई, उस लड़के ने पलट कर हरीश को देखा फिर दोनों ठहाका मारकर हँसने लगे, हरीश ने उससे उसका नाम पूछा तो उसने बड़ी शरारती भाव में उसे जवाब दिया, ललित हूँ मैं, बड़ी पतली आवाज़ थी उसकी, इतने विशाल शरीर के लड़के की इतनी महीन बोली, हरीश दुबारा हंस पड़ा, फॉर्म जमा हो गया??ललित ने पूछा, हरीश ने बोला हाँ, बस अब कुछ कागज रह गए हैं वो जमा करवा देता हूँ, हरीश और ललित दोनों ने वहाँ से जाकर समोसे खाए, नया कॉलेज था, कैंटीन में अभी अपने नाम की पर्ची जमा नहीं करवाई थी, इसलिए आज समोसे से ही काम चलाना था। कुछ समय में देखते ही देखते हरीश और ललित जिगरी यार बन गए थे, ललित और हरीश की दोस्ती पूरे कॉलेज में प्रसिद्ध थी।हरीश झिलमिल के बाद किसी से क़रीब था तो वो था उसका दोस्त ललित। ललित की आदत थी हर बात को मजाक में ले जाने की, वो समझदार इंसान था, शायद हरीश इसलिए उसके इतने करीब था, पर ललित में कहीं- कहीं बचपना भी था, कई बार हरीश और ललित इस करण झगड़ भी चुके थ, हरीश ने अपने रुपया जोड़ कर एक बाइक खरीदी थी कॉलेज जाने के लिए, हरीश अपने घर गया हुआ था छुट्टियों में, ललित ने पीछे से वो बाइक चलाई उसका एक्सीडेंट हो गया, भगवान की कृपा से ललित बच गया पर बाइक टूट गई, हरीश को कॉलेज जाने में दिक्कत होने लगी, उसने जैसे तैसे बाइक सही करवाई, बाद में उसने बाइक बेच दी, हरीश ने झिलमिल को पत्र में लिखकर यह सब बात बताई थी, झिलमिल जानती थी हरीश की आर्थिक हालत, ललित को अपनी इस बचकानी हरकत पर काफ़ी पछतावा हुआ था, उसने हरीश से माफ़ी माँगी, तथा ऐसी हरकत आगे से नहीं करने का व्यादा किया।

ललित को एक लड़की पसंद थी, वो भी डॉक्टरी की पढ़ाई कर रही थी, पर उसका दाख़िला होना बाक़ी था, ललित तो कॉलेज आ गया था, पर रोमी अभी परीक्षा देकर अपने नेतीजे का इंतज़ार कर रही थी। रोमी लड़की कई सालों से डॉक्टरी की तैयारी कर रही थी, पर कुछ अंक से उसका दाख़िला नहीं हो पा रहा था ।रोमी और ललित का मिलना नहीं हो पाता था, ललित इस बात से उदास रहता था। रोमी को अभी अपनी परीक्षा परिणाम आने तक घर पर ही रहना था, झिलमिल का बड़ा मन था की रोमी भी उसके साथ मैनचेस्टर में डॉक्टरी की पढ़ाई करे, एक दिन हरीश ने झिलमिल को कॉल करके बताया कि रोमी राजपुरा आ रही है, अपनी परीक्षा देने, ललित बहुत उत्साहित है, क्यूंकि रोमी ने ललित को सरप्राइज दिया था, झिलमिल का भी मन बेचैन हो गया, उसे अपने हरीश के पास जाना था, वो सोचने लगी की तीनों मस्ती करेंगे, काश मैं भी वहां उड़ कर पहुंच जाऊँ, हरीश मुझे भी तुम्हारे पास आना है, हरीश बोला, काश पंख होते! मैं उड़ा आता, अरे हरीश मुझे आना है, राजपुरा, मैं अभी घर पर बहाना भी नहीं बना सकती तुम्हारे पास आने का, पर मैं एक दिन राजपुरा जरूर आऊंगी, तब तुम मुझे पूरा शहर घूमना। वक़्त बीत गया और अगले हफ्ते झिलमिल अपने कॉलेज लौट गई, उसने रोमी से कहा तुम भी जल्दी आना मेरे पास, हम दोनों साथ रहेंगे वहाँ।

झिलमिल के कई दोस्त यहीं अपने शहर में रहकर मेडिकल करने वाले थे, उन सब को किसी काम से राजपुरा जाना था, झिलमिल के किसी दोस्त ने झिलमिल को बताया कि वे लोग एक हफ़्ते के लिए राजपुरा जा रहे हैं, झिलमिल अगर उनलोगों के साथ जाएगी तो बड़ा मज़ा आएगा, एक तरह की पिकनिक हो जाएगी, एक रात का ही तो सफ़र है ट्रेन से, अगले हफ़्ते वापिस आ जाएँगे, क्यूँकि फिर झिलमिल विदेश चली जाएगी और पता नहीं अपने दोस्तों से कब मिलना होगा। झिलमिल का मन खुशी से झूम उठा, उसने अपनी माँ से आज्ञा ली की विदेश जाने से पहले एक बार वो अपने दोस्तों के साथ राजपुरा घूमने जाएगी, सब दोस्तों ने वहाँ कैंपिंग का प्लान किया है। बड़ी मन्नतों के बाद झिलमिल के घर वाले झिलमिल को राजपुरा जाने के लिए मंज़ूरी दे दिये। झिलमिल ने अपने साथियों से अपने भी जाने का बंदुवस्त करने को कहा, झिलमिल ने तुरंत हरीश को कॉल लगाया और बोला कि मैं तुम्हारे पास राजपुरा आ रही हूँ मेरा कोई सैमीनार है जिसमें आना ज़रूरी है ,मेरे साथ और भी डॉक्टर्स आएंगे तो तुम मुझे लेने स्टेशन आ जाना. हम, स्टेशन के पास रुकेंगे, तुम्हारी हॉस्पिटल इयूटी होगी ना??? अगर तुम व्यस्त रहोगे तो कोई बात नहीं, हमलोग बाद में मिल लेंगे, हरीश बोला, झिलमिल अरे मैं कॉलेज से अवकाश ले लूँगा, तुम आओ तो सही, बहुत अच्छा

मौक़ा है, तुम्हें अपने कॉलेज ले जाऊँगा, तुम मेरी कुर्सी पर बैठना, और मैं तुम्हें निहारूँगा, हट हरीश, इतना समय नहीं होगा हमारे पास, मुझे सेमिनार में भी जाना है, अच्छा तुम आओ तो सही, समय भी निकाल लेंगे, पर तुम पक्का आ रही हो ना, कहीं यह संता-बंता वाला मज़ाक़ ना हो जाए की मैं तो आया ही नहीं था, झिलमिल हँस पड़ी, बोली अरे पगले मैं आ रही हूँ, हरीश को झिलमिल की बात का भरोसा नहीं हुआ उसे विश्वास ही नहीं हो रहा था कि झिलमिल उससे मिलने आ रही है। हरीश पूरी रात झिलमिल को कॉल लगाकर बार बार पूछता रहा कि तुम सच में आ रही हो? मुझे तो विश्वाश ही नहीं हो रहा झिलमिल की हम दोनों इतने दिनों बाद मिलेंगे. झिलमिल देखो यह गंदा मज़ाक मत करना मेरे से मैं बहुत ग़ुस्सा हो जाऊँगा | झिलमिल ने हरीश से कहा अरे मेरे बच्चे तुम जितने ख़ुश हो उससे ज़्यादा कहीं मैं ख़ुश हूँ ,तुम जानते नहीं हो तुम से मिलने के लिए मैं कितनी बेचैन हूँ, अब बहुत दूर रहें लिए अब मिलने का मन कर रहा है, मैंने तुम्हारे लिए तुम्हारी पसंदीदा घड़ी ख़रीदी है जब आऊँगी तब तुम्हारे लिए लेकर आऊँगी अभी मैं फोटो नहीं भेज रही सरप्राइज है तुम्हारे लिए, मेरी ट्रेन सुबह 4 बजे राजपुरा स्टेशन पर पहुँचेगी तुम मुझे लेने आ जाना मेरे साथ और भी डॉक्टर है, हमारा होटल बुक है हम सब साथ ही रहेंगे।मैं तुम्हारे लिए और क्या ले आऊँ ?मुझे बता देना, मुझे तुम्हारी बहुत याद आती है हरीश मैंने तो कभी सोचा ही नहीं था की राजपुरा में मेरा सेमिनार होगा और हमें मिलने का मौक़ा मिलेगा, तो तुम गुजीया खाओगे?? मैं मम्मी से तुम्हारे लिए बनवाकर ले आऊ? हरीश मैं राजपुरा में एक हफ़्ते हूँ हम ख़ूब सारा समय साथ बिताएंगे जब भी मौक़ा मिलेगा मैं तुमसे मिलने आऊँगी। झिलमिल से दिन काटे नहीं कट रहे थे देखते ही देखते उसका राजपुरा जाने का दिन आ ही गया। झिलमिल ने जल्दी-जल्दी अपना समान बांधा, उसके लिए एक-एक मिनट भारी हो रहा था, कहीं किसी कारण अगर वो राजपुरा नहीं पहुँच पाई तो हरीश को कितना बुरा लगेगा, उधर हरीश बैचेन था, सुबह से लेकर शाम तक झिलमिल ने घड़ी के सारे घंटे निहार डाले, शाम को ऑटो से झिलमिल स्टेशन पहुँची तो उसके बाक़ी के साथी भी वहीं खड़े थे, झिलमिल जल्दी से अपनी ट्रेन की सीट पर बैठ गई और ट्रेन ने भी तब तक हरी झंडी दिखा दिया था....रात जैसे तैसे बीत गई, सुबह चार बजे ट्रेन राजपुरा के स्टेशन पर सरक-सरक कर रुकी, हरीश खिड़की में झांक कर देख रहा था, उसके साथ ललित भी आया था। उसने झिलमिल को हाथ हिलाया और भागते हुए डिब्बे की ओर आया, झिलमिल अपने साथियों के पीछे खड़ी थी, हरीश ने उसे धीरे से नीचे उतारा, झिलमिल की एक दोस्त ने पीछे से उसको धक्का दिया, और इशारे से कुछ बोली और वहाँ से चली गई, हरीश

का मन था की झिलमिल को वो अपने स्कूटर पर बैठाकर अपने साथ ले जाए, उसने झिलमिल का हाथ पकड़ने की कोशिश की ,झिलमिल आगे अपने दोस्तों के साथ चली गई। दिन भर दोनों की मुल्क़ात नहीं हुई, शाम को हरीश ख़ाना लेकर झिलमिल के लिए आया तो ललित ने धीरे से झिलमिल को बोला तुम हरीश के साथ चली जाओ...हरीश ने झिलमिल का हाथ पकड़ा और दोनों स्कूटर पर बैठकर कहीं निकल गए, बीच रास्ते में कहीं हरीश ने अपना स्कूटर रोका और झिलमिल को पलट कर कस के गले लगा लिया। और झिलमिल के गाल पर उसने एक चुंबन दिया। और रोते हुए बोला, मम्मी नहीं मानेंगी हमारे रिश्ते के लिए झिलमिल, कैसे रहूँगा मैं??कैसे बताओ???? झिलमिल कुछ बोल पाती हरीश पलटा और स्कूटर तेज रफ़्तार से दौड़ाता हुआ होटल के बाहर लाकर खड़ा कर दिया, और झिलमिल से बोला अब तुम जाओ अंदर, मैं जा रहा हूँ, झिलमिल ख़ामोश थी, शायद शब्द उस वक़्त थे नहीं, वक़्त कम था, झिलमिल भागते हुए होटल के अंदर चली गई और जाकर अपने रूम में बेड पर लेट गई, थोड़ी देर में वो गहरी नींद में चली गई, तभी हरीश का कॉल आया, झिलमिल तुम् मुझे कभी छोड़ कर मत जाना, कभी मत जाना प्लीज़, और इतना कहकर हरीश फूट-फूट कर रोने लगा, झिलमिल आधी नींद में थी, उसने बिना सुने फ़ोन काट दिया था, इसका पछत्वा उसे जीवन भर रहा, की काश उस दिन मैं हरीश से अच्छे से बात कर लेती, की आख़िर वो कहना क्या चाहता था। एक दिन ललित, हरीश और झिलमिल ने सिनेमा हॉल जाने का प्लान बनाया, हरीश एक लाल गुलाब लेकर आया था, और उसने अपनी शर्ट में वो छुपा रखा था, बाक़ी दोस्त झिलमिल के पीछे कि सीट पर बैठे थे, ललित, हरीश झिलमिल आगे बैठे थे, हरीश ने वो लाल गुलाब धीरे से झिलमिल को दिया और और पीछे से उसके कंधे पर हाथ रखा...झिलमिल ने अपना सिर हरीश के कंधे पर रख लिया। देखते ही देखते सात दिन बीत गए थे, झिलमिल का अपने शहर वापिस जाने का दिन आ गया था, हरीश और ललित उसे छोड़ने स्टेशन भी आए थे, तीनों ने एक दूसरे को कुछ तोहफ़े दिए। ट्रेन पटरी पर हलकने लगी, झिलमिल भाग कर अपने दिव्बे में चढ़ गई, पीछे पीछे हरीश भी चढ़ा, हरीश, झिलमिल को डिब्बे के एक कोने में ले गया, उसने उसके होठों को पहली बार चूमा था, उस वक़्त झिलमिल ने हरीश को नहीं रोका, दोनों ने अपने अपने हाथ एक दूसरे की कमर पर रखे, और आँखें बंद करके उस खूबसूरत पल को साथ महसूस किया था। कुछ समय तक झिलमिल उसी स्तिथि में स्तब्ध खड़ी रहीं, शायद इनका प्यार परवान चढ़ने लगा था। ट्रेन ने हल्की रफ़्तार पकड़ी तो हरीश नीचे कूदा और भागते भागते डिब्बे के पीछे वो झिलमिल को तब तक निहारता रहा जब तक झिलमिल की ट्रेन

उसकी नज़रों से ओझिल नहीं हो गई। झिलमिल ने पूरे स्वर में चीख कर बोली तुम्हारी ख़ाली कलई अच्छी नहीं लग रही है, मैं इसके लिए अच्छी सी घड़ी भेजूँगी तुम्हें, जाओ अपना ध्यान रखना, इतना कहकर झिलमिल अपनी सीट पर जाकर बैठ गई।

11

पहली नजर का प्यार

एक दिन झिलमिल ने कोचिंग जाने के लिए जैसे ही साइकिल निकली उसने देखा की साइकिल का टायर पंचर है, कोचिंग में देरी ना हो जाए इस करण वो आनन फ़ानन में साइकिल छोड़ ऑटो से कोचिंग निकल गई, आते समय अंधेरा काफ़ी हो गया था, झिलमिल को ऑटो नहीं मिल रहा था, उसने सोचा आज इंतज़ार कर लूँगी पर फिर पैदल नहीं जाऊँगी, इसी असमंजस में उसे समझ नहीं आ रहा था वो क्या करे??? तभी एक ऑटो आकर झिलमिल के पास रूका, उसमे से एक लड़का झांक कर बोला आओ बैठ जाओ, झिलमिल को बहुत डर लगा और गुस्सा भी आया, वो मना करने ही वाली थी कि उसकी सहेली अंदर से झांक कर बोली, आओ झिलमिल अंधेरा है, कब तक खड़ी रहोगी, झिलमिल अंदर जाकर बैठ गई, वो लड़का कोई और नहीं हरीश था, झिलमिल उसे बारवी कक्षा में मिला था। वो कोई और नहीं चिट्ठी वाला लड़का हरीश था।

कहते है ना पहली नज़र का प्यार अलग ही होता है, दोनो में बात चीत चालू हो गई थी, झिलमिल अपने को हरीश के साथ सुरक्षित महसूस करने लगी थी। दोनों अपनी मेडिकल की तैयारी कर रहे थे, मिलना , और पढ़ाई करना साथ होने लगा था, हरीश एक मध्यमवर्गीय परिवार का लड़का था, क़द से लम्बा, गोरा तथा अपनी बात पर अड़े रहने वाला। हरीश को पता था कि उसे डॉक्टर बनकर अपना मुक़ाम हासिल करना है, ताकि वो अपने परिवार की मदद कर सकें, हरीश और झिलमिल एक ही कोचिंग से मेडिकल की तैयारी कर रहे थे , दोनों का मिलना रोज़ होता था, हरीश उसकी पढ़ाई में मदद करता, दोनों पढ़ते, साथ, फिर अपने-अपने घर लौट जाते थे। हरीश वहीं पास के एक छात्रावास में रहता था।

समय की रफ़्तार तेज थी, वक्त बीत गया, परीक्षा का समय नज़दीक आ गया, परीक्षा के दौरान झिलमिल के बाबा उसे स्कूल छोड़ने जाते थे, थके हुए, भूढ़े इंसान, अपनी पोती से अति लगाव था उन्हें, दोनों बाबा पोती स्कूटर पर बैठकर जाते, बाबा वही सेंटर के बाहर धूप मे बैठ जाते तथा झिलमिल की परीक्षा ख़त्म होने पर उसे घर लेकर साथ आते थे, यह प्रेम दादा पोती का बहुत मन छूने वाला था, भूढ़ापे में घर के बड़े सदयसों को अपने बच्चो के बच्चे से वैसे भी लगाव ज़्यादा हो जाता है, इसमें माँ-बाप का भी अभिन योगदान होता है की वो अपने बच्चो को क्या संस्कार दे रहे हैं। झिलमिल के बाबा उसे फोटोग्राफी सिखाते, दोनों साथ में स्कूटर चलाते थे। तीस दिन बीत गए, आखिरी परीक्षा थी, झिलमिल को पता था की अब हरीश और वो नहीं मिल पाएँगे, उसने हरीश के लिए एक पत्र लिखा, सोचा आख़िरी बार जब उससे मिलूँगी उसे दे दूँगी, उसने बहाने से हरीश से उसकी पुस्तिका माँगी, हरीश ने वो किताब उसके हाथ में देकर अपने दोस्तों से वार्तालाप में लग गया, झिलमिल ने वो पत्र हरीश की पुस्तिका के बीच वाले पन्ने में डाल दी, तथा हरीश को पुस्तिका वापिस कर दी, यह सोचकर जब यह इसे खोलेगा तो पढ़ लेगा, पर हरीश, झिलमिल की तरफ़ देखा भी नहीं और पुस्तक अपने बस्ते में रख लिया और वहाँ से चला गया, झिलमिल ने अपना परीक्षा पत्र पूरा किया और जल्दी से कक्षा के बाहर आ गई, उसे पता था कि हरीश भी जल्दी बाहर आ जाएगा, पर ऐसा नहीं हुआ, हरीश बाहर अपने दोस्त के साथ निकला और बिना झिलमिल से मिले वहाँ से चला गया, झिलमिल उसका दरवाज़े पर इंतज़ार करती रही, वो हरीश के पीछे जा ही रही थी, तभी पीछे से उसे आवाज़ आई, बिटिया घर चले???? वो नम आँखों से पलट गई और अपने बाबा के साथ घर चली गई। झिलमिल पूरी दोपहर सोचती रही की कैसे भी करके हरीश से उसे मिलना है, अगर नहीं मिल पाए तो यह दूरियाँ बहुत भड़ जाएँगी, उसने हरीश को मोबाइल पर कॉल लगाया, पर उसका नंबर बंद जा रहा था, झिलमिल उदास हो गई, उसे अभी भी एक उम्मीद थी की मेडिकल,दाख़िला परीक्षा वाले दिन हमलोग मिल पाएँगे, दोनों का परीक्षा स्थान आ गया था, बदक़िस्मती से दोनों को अलग अलग जगह जाकर परीक्षा देनी थी, झिलमिल की यह आस भी टूट गई, दोनों ने अपनी परीक्षा की तैयारी पूरी लगन के साथ की। झिलमिल को समझ आ गया की उसकी और हरीश की किस्मत में शायद यहीं तक साथ रहना था , क्यूँकि झिलमिल को विदेश जाकर अपनी मेडिकल की पढ़ाई, उसका सपना सर्जन बन जाने का पूरा करना था। बारहवीं की परीक्षा खत्म हो गई, दोनो ने मेडिकल एंट्रन्स की परीक्षा दी, हरीश और झिलमिल ने अव्वल अंक प्राप्त करके मन चाहा मेडिकल कॉलेज में दाख़िला ले लिया। हरीश अपने घर वापिस जाने के

लिए समान बांध रहा था, तभी उसका फोन बजा, उसे पता था कि यह झिलमिल का कॉल होगा, उसने तुरंत कॉल उठाया, मन मे काफ़ी सवाल लिए, पर कहने की हिम्मत नहीं जुटा पाया, और उसने कहा, हैलो कौन??? झिलमिल बोली, हरीश,एक रोंधी आवाज, मैं झिलमिल, तुम जा रहे हो घर?? हरीश बोला हाँ,मुझे एक महीना घर पर रहकर कॉलेज भी जाना है, तुम्हारा आगे का क्या विचार है?? तुमने कहाँ के लिए अपने फॉर्म जमा करवाए??? रुआसे गले से झिलमिल ने उसे अलविदा कहा, पर अपने बारे में ज़्यादा नहीं बताई, बोली क्या हम एक बार मिल सकते हैं??हरीश समझ गया कि झिलमिल उसे जाने देना नहीं चाहती,कुछ तो है झिलमिल के मन में, झिलमिल फुट-फुट कर रोने लगी, हरीश ने कहा वो अगले हफ़्ते आएगा उससे मिलने, कुछ सामान यहीं छात्रावास में छोड़ जा रहा हैं, अपना कॉलेज में दाखिले से पहले।

झिलमिल को इंतज़ार था अगले रविवार का। एक हफ्ता बीत गया, रविवार को अपने व्यादे अनुसार हरीश आया, दोनों ने साथ दोपहर का खाना खाया, झिलमिल ने उसे बताया कि वो विदेश जा रही है, वहाँ मेडिकल कॉलेज में उसका दाखिला हो गया है, हरीश बहुत खुश हुआ सुनकर, हरीश ने दूसरे शहर में दाखिला ले लिया था। दोनों ने एक दूसरे को आँसू भरी आँखों से अलविदा कहा, गले लगाना चाहा पर हिम्मत नहीं हुई, और दोनों अपने-अपने घर लौट गए। दोस्ती गहरी होती गई, दोस्ती प्यार में कब बदल गई दोनों को पता ही नहीं चला। कुछ समय बाद दोनों ने महसूस किया कि हाँ, यही प्यार है, हरीश और झिलमिल ने आगे अपने जीवन में नौकरी करके शादी करने का भी मन बना लिया था, पर हालात ऐसे थे कि कुछ समय बाद दोनों को अलग होना पड़ा, जब झिलमिल विदेश चली गई मेडिकल की पढ़ाई करने के लिए, हरीश दूसरे शहर में रह गया दोनों की बातें होती थी चिट्ठी-पत्री द्वारा , तब तक विज्ञान ने भी तरक्की कर ली थी, ईमेल से दोनों एक दूसरे से वाद विवाद करने लगे, पत्र का जवाब हफ्ते में एक बार तय हुआ था, झिलमिल को हरीश की चिट्ठियों का इंतज़ार रहता था, क्यूंकि हरीश हफ़्ते में एक ही दिन चिट्ठी लिखता था, अपनी पढ़ाई में इतना मशगूल था और दोनों के पास समय की कमी थी। दूरभाष उस समय काफ़ी महँगा था, इसलिए ईमेल ही साधन था , समवाद का। बात-चीत बढ़ने लगी, एक दिन झिलमिल ने खुल कर पूछा हरीश से, क्या हम आगे की जिंदगी का विचार करें??? क्यूँकि मैं तुम्हारे बिना नहीं जी पाऊँगी, हरीश उसके इस सवाल का इंतज़ार कर रहा था, उसने तुरंत हाँ कर दिया, शायद वो जल्दबाज़ी में ज़्यादा जज़्बाती हो गया था। झिलमिल की आँखो में आँसू थे, हरीश ने उसे समझाया हम हमेशा साथ हैं, यह समय का पड़ाव है, अभी पढ़ाई कर ली

तो आगे की पूरी ज़िंदगी आराम से बीतेगी, तुम एक होनहार डॉक्टर बन जाओ, मैं भी डॉक्टर बन जाऊँगा फिर साथ रहेंगे, झिलमिल को हरीश की दूरियाँ नहीं सहन होती थी, वो जल्दी से जल्दी पाँच साल खत्म करके अपने देश लौट जाना चाहती थी। हरीश की बात झिलमिल को प्रेरणा देती थी, वो उसकी हर बात मानती थी, हाँ कभी कभार अपने ज़िद्दी स्वभाव के कारण झिलमिल को पछताना भी पड़ता था। झिलमिल ख़ुशी-ख़ुशी विदेश जाने के लिए अपना समान बांधने लगी, उसे अंदर से बहुत उत्सुकता थी की जो उसने चाहा, उसने पा लिया, पर यह जीवन का पहला पड़ाव है, अभी तो बहुत कुछ करना है जीवन में, पढ़ाई करके, जब मैं अपने देश वापिस आऊँगी, माँ-पिताजी गर्व से फुले नहीं समाएँगे, यह सोचते सोचते झिलमिल अपना बक्सा लगाने लगी, उसे विदेश जाने में अभी कुछ समय बाकी था, बड़ी बहन और माँ ने पिताजी के साथ कुलदेवी मंदिर जाने का मन बनाया, माता रानी का आशीर्वाद मिलेगा तो झिलमिल का आने वाला समय खूब उन्नति पूर्ण बीतेगा। झिलमिल की बड़ी बहन कि पढ़ाई भी अब समाप्त होने वाली थी, उसे आगे पढ़ने का इरादा किया था, उसने कॉलेज में फॉर्म भर दिए थे। बस दाख़िले का इंतज़ार था, दोनों बहने पढ़ाई में अव्वल थी, अपने-अपने स्थान पर दोनों बहुत होशियार और तर्क बुद्धि की थीं।

12

प्यार का तोहफा

झिलमिल विदेश चली गई, पर उसे राजपुरा में वो एक हफ़्ते बहुत याद आ रहे थे, उसने सोचा जब मे वापिस आऊँगी तब मैं हरीश के लिए एक अच्छी घड़ीं लूँगी शहर की सबसे अच्छी दुकान से। हम दोनों ज़्यादा समय एक दूसरे के साथ नहीं बिता पाए थे, अब तो हरीश मेरे से मिलने के लिए तड़पेगा, कोई नहीं दूरियों से भी प्यार भाड़ता है। झिलमिल अपने कॉलेज में धीरे-धीरे पढ़ाई में रमने लगी। देखते ही देखते एक साल बीत गया, झिलमिल दो महीने के लिए देश आ रही थी, पहली बार जबसे वो गई थी, उसने अपने जेब खर्च बचाए थे घड़ी के लिए, झिलमिल ने उसे कहा जब मुझसे मिलने आओगे, मैं पूरा समय तुम्हें दे दूँगी, पर हरीश बहुत उदास था, एक-एक दिन दोनों पर भारी था| झिलमिल दो महीने बाद विदेश वापिस जा रही थी| विदेश मे ज़्यादा बर्फबारी के कारण कॉलेज कुछ दिन के लिए और बंद थे| झिलमिल के पास अच्छा मौक़ा था हरीश के साथ वक़्त गुज़ारने का| कुछ दिन बाद हरीश का जन्म दिन आने वाला था, हरीश ये घड़ी मुझे तुम्हारे क़रीब रखेगी, तुम मुझे और ज़्यादा महसूस कर सको, इसकी टिक-टीक की आवाज़ मेरी धड़कन है, हरीश खुश हो गया, क्यूंकि अब झिलमिल से वो कुछ तोहफा ले सकता था, इतने साल से हरीश ने झिलमिल को बेकार रुपए खर्च करने के लिए साफ मना किया था, सानवी से झिलमिल ने कहा की हरीश छुट्टियों में मुझसे मिलने आएगा, मैं उसके लिए घड़ी लेना चाहती हूं, तुम् चलोगी मेरे साथ?? सानवी हस पड़ी, बोली उफ्फ झिलमिल तुम्हारा दीवानापन तो भड़ते ही जा रहा है, इतना प्यारा करने वाला जोड़ा है तुम्हारा, कहीं किसी की नजर ना लग जाए, जरा सम्भाल कर रखना अपने इस रिश्ते को, बहुत टोक लगती हैं, मैं हमेशा दुआ करूँगी तुम दोनों ऐसे ही खुश रहो, तुम दोनों जल्दी अपने सपने पूरा करो और जीवन में आगे भढ़ो, पर कहते

हैं ना "सब दिन होत ना एक समान", झिलमिल को नहीं मालूम था कि कभी किसी की कहीं बात अचानक से मुँह से निकली, कहीं ना कहीं जिंदगी में कटाक्ष पैदा कर देती हैं, झिलमिल ने सानवी की बात को अनदेखा कर दिया, उसे हद से ज्यादा, हरीश और अपने रिश्ते पर भरोसा था| झिलमिल और सानवी ने बाज़ार जाने का इरादा किया, झिलमिल ने अपनी गुल्लक में जोड़े रुपए गिने, उसमे उतने थे कि वो हरीश के लिए एक अच्छी घड़ी ले सकती थी, अगले दिन झिलमिल सानवी को लेकर दुकान गई, काफ़ी विचार के बाद दोनों दुकान के अंदर चली गईं, दोनों ने काफी घड़ी देखी और पसंद की, पर बार-बार झिलमिल, हर घड़ी को मना कर देती, उसे कोई घड़ी हरीश के लायक़ लग ही नहीं रही थी, आखिर पहली बार झिलमिल उसे कोई तोहफ़ा देने वाली थी, वो चाहती थी वो तोहफ़ा बहुत ख़ास हो, बहुत ढूँढने के बाद, झिलमिल की नजर सामने सीशे में रखी घड़ी पर पड़ती है, झिलमिल हरीश को सोचकर, उसकी पसंद को याद करके वह घड़ी ,दुकानदार को दिखाने केहती है, दुकानदार जैसे ही झिलमिल की ओर वो घड़ी भड़ाता है, सानवी वो घड़ी दुकानदार से छीन कर झिलमिल के हाथ में थमा देती है, और कहती है, यह ले लो अब,हरीश के लिए, उसे यह पसंद आएगा, झिलमिल तब भी सोची विचार में लगी थी, सानवी को बड़ी तेज भूख लगी थी, वो झिलमिल से कहती है झिलमिल बस करो ना, पेट में चूहे कूद रहे हैं, झिलमिल जब तक कुछ जवाब देती, सानवी ने फाटक से झिलमिल के झोले से रुपए निकाले और दुकानदार को दे दिए, झिलमिल का मन संशय मे डोल रहा था, सानवी ने झिलमिल को कहा ज्यादा सोचो मत, हरीश तुमसे प्यार करता है, तुम उसे रेत भी प्यार से माचिस की डिबिया में दोगी ना, वो उसे भी अपने पास अपनी जान से ज़्यादा प्यार से रखेगा, तो उसे तुम्हारा दिया हुआ यह तोहफा भी बहुत पसंद आएगा, विश्वास करो मेरा, प्यार करने वाला ईंसान इतना गुना-भाग नहीं करता है मिले हुए तोहफे के साथ| हरीश से जब मिलो तो प्यार से उसे यह तोहफा दे देना, झिलमिल ने हामी भरते हुए सिर हिलाया, उसके दिल में हरीश से मिलने की अलग ही उत्सुकता थी| उसे वापिस भी जाना था, उसका दुःख भी था, वो हर एक लम्हे को अपने दिल में कैद करके कॉलेज वापिस जाने के लिए ताय्यारी कर रही थी, उसने दुकान के बाहर से हरीश को फोन लगाया, पर हरीश शायद उस वक़्त अपने हॉस्पिटल में था, उसने कॉल काट दिया, झिलमिल को उसने मेसेज करके बोला , जान रात को करूंगा कॉल, लव यू, सानवी जो बगल में खड़ी थी, नज़रे गड़ाए ,पत्र पढ़ रही थी, और चुलबुली अंदाज़ में झिलमिल को चिढ़ा रही थी, झिलमिल ने उसे धक्का दिया और दूसरी तरफ देखकर शरमाने लगी, झिलमिल के बैग में सानवी ने डिब्बा रखते हुए बोला, मम्मी देखिंगी तो नाराज होंगी, तुम

सम्भाल कर इसे घर ले जाना| और बार बार बाहर निकालना मत, झिलमिल डिब्बा लेकर वहां से अपने घर निकाल जाती है, रात होने लगी तो झिलमिल हरीश का कॉल का इंतज़ार कर रही थी, तभी मम्मी आती हैं और कहती है, बाउआ आज मैं तुम्हारे कमरे में सोऊंगी ,तुम्हारे पापा तो खर्राटे ले रहे है, बार बार मेरी नींद टूट रही है, झिलमिल उन्हें मना भी नहीं कर सकती थी, उसने एक दो बार आनाकानी करी तो मम्मी ने उसे चपेट लगा दी, उधर हरीश का फोन बज रहा था, झिलमिल अब करे तो क्या करे? मम्मी ने सुन लिया तो आज ही मोहबत का सारा भूत उतार देंगी, हम कितने भी बड़े हो जाए, माँ पीटने का मौका नहीं गवाती हैं, उसे हरीश से भी बात करनी थी, मम्मी पीछे पड़ गई, सोती क्यूं नहीं हो?? क्या बात है??? इस टुन्न-टूने को चूल्हे पर रख दूंगी, सो जा शांति से, झिलमिल बोली मम्मी कॉलेज से कॉल है किसी दोस्त का, बोली जल्दी बात करो और रखो, सुबह तुम तो सोती रहोगी, घर तो मुझे देखना है, झिलमिली ने फोन उठा लिया, वो जब तक कुछ बोल पाती, उसे कान के पास लगे फोन पर चूमने की आवाज़ सुनाई दी, हरीश ने कहा यार बहुत याद आ रही है तुम्हारी, कुछ करो इस नाज़ुक दिल का, झिलमिल ने फाटक से बोला डॉक्टर आप दावा ले लीजिएगा कल, आराम पड़ जाएगा, हरीश ने मजे लेते हुए कहा अच्छा सासु माँ है बगल में, दामाद जी का प्रणाम कहना, झिलमिल उस वक़्त बोलती क्या? हरीश पीछे पड़ गया, अब पांच साल हो गए , इस बार इतनी कस कर हाथ पकड़ूंगा कि जीवन भर नहीं छुड़ा पाओगी, झिलमिल ने फुसफुसाते हुए कहा, अब तो बिल्कुल नहीं दूंगी, हाथ छुड़ाने का मेरा तो कोई इरादा नहीं है, मैंने प्यार दूर जाने के लिए तो नहीं किया है ना, और उसने एक चुम्बन हरीश को होठों के पास फोन लेजाकर दिया, हरीश एक दम चुप हो गया, इन पांच सालों में पहली बार आज झिलमिल ने अपनी इक्छा से हरीश पर अपना प्यार जताया था, हरीश ने एक बार और चुम्बन मांगा पर झिलमिल बोली अब तुम आ जाओ बस, जी भर कर प्यार करेंगे, शायद इतने सालों में पहली बार झिलमिल ने अपने दरमियाँ से बाहर आकर ऐसा कुछ बोला था, सोती हुई मम्मी को अचानक से पता नहीं क्या सुनाई दिया, वो बोली पड़ी, आधी नींद में, इसे नींद में भी बोलने की आदत पड़ गई है, बावड़ी हो गई है लड़की, कहकर मम्मी फिर सो गई, अब वो गहरी नींद में थी, खटर-ख़ू खटर-ख़ू की आवाज़ें आने लगी, झिलमिल को तस्सली हुई की मम्मी तो अब सो गई, झिलमिल ने हरीश को बताया कि उसने घड़ी ले ली है, हरीश बोला यार क्यूं इतना प्यार करती हो, मेरी हर इक्छा , तुम पूरी करके, मुझे बिगाड़ रही हो, पीछे से ललित के हल्ला मचाने की आवाज़ आ रही थी, भाभी मुझे भी घड़ी चाहिए,अकेले भाई को दोगी, तो झिलमिल ने ललित से कहा पक्का, अगली बार

तुमको तोहफ़ा दूँगी, ललित ने पीछे से हरीश की पीठ पर एक मुक्का मारा और बोला ये वाली मेरी घड़ी हैं, तुम्हारे लिए दुबारा आ जाएगी, हरीश ने उससे चिल्लाते हुए कहा अरे जाओ ना, भाभी सो जाएगी, झिलमिल दोनों की बाते ध्यान से सुन रही थी, तभी हरीश बोला, सुनो झिलमिल मैं, आऊंगा तो ज्यादा समय नहीं है, पर हम इस बार खूब मजे करेंगे, साथ में फ़ोटो भी लेंगे, मैंने कैमरा वाला नया फ़ोन लिया है, मैंने मम्मी को हमारे बारे में बता दिया है, तुम कभी मेरा साथ छोड़कर तो नहीं जाओगी ना??? मैं दिखता सख्त हूं, पर मेरा दिल कमजोर है, मेरा साथ छोड़ने से पहले इसके अंजाम का सोच लेना, झिलमिल ने हरीश से कहा, हरीश हमें किसी भी कारण से अलग होना पड़ा ना, हरीश मैं हमेशा तुम्हरे पास आने का रास्ता ढूंढ लूंगी| तुम सिर्फ़ मेरे हो हरीश, अच्छा सुनो मैं कल बात करती हूँ, मम्मी ने सुन लिया ना तो मेरी ख़ैर नहीं, हरीश का बिलकुल फ़ोन रखने का मन नहीं था, उसने झिलमिल से कहा ऐसे कैसे अभी, अभी तो पूरी रात बात करेंगे, आज मेरी नाईट ड्यूटी भी नहीं है। झिलमिल ने बड़ी मन्नते की तो हरीश ने फ़ोन रख दिया।

13

प्यार के अनेक रंग होते हैं

वार्षिक अवकाश में झिलमिल अपने घर आई थी, हरीश भी घर आया हुआ था। दोनों इस बार मिलने वाले थे, हरीश हमेशा कि तरह पहले झिलमिल से मिलने आता था, फिर वहाँ से अपने गाँव जाता था। झिलमिल से बचे हुए दो दिन काटना पहाड़ सा लंबा लग रहा था, उसने बारह महीने हरीश से मिलने का इंतज़ार किया था, हरीश और झिलमिल एक जलपान की दुकान पर मिले, मिलते ही झिलमिल ने हरीश को घड़ीं पकड़ा दिया, हरीश ने वो घड़ी पाहन ली। झिलमिल उससे लिपट गई, झिलमिल हरीश को गले लगाकर बहुत रोई, उसके लिए उसकी जुदाई बहुत कठिन थी, हरीश मार्मिक हो गया था, दोनों ने काफ़ी सारी बात की, अपने कॉलेज की कहानियाँ सुनाई एक दूसरे को, झिलमिल ने हरीश को रैगिंग में हुए वाक्य बताया, तथा हरीश को उसे हिम्मत देने के लिए धन्यवाद भी कहा । झिलमिल ने उसे रोमी वाली बात बताई, कैसे रैगिंग के समय रोमी को परेशान किया गया, झिलमिल ने अपने प्रिय दोस्त ललित का भी पूछा हरीश से, ललित कैसा है??? हरीश ने बैग में रखा एक पैकेट निकाल कर झिलमिल को दिया , झिलमिल यह ललित ने तुम्हारे लिए भेजा है, झिलमिल ने वो लिफ़ाफ़ा खोला तो उसमे मिठाई थी, झिलमिल की सबसे पसींदीदा, झिलमिल ने वो लिफ़ाफ़ा अपने बैग में रख लिया। झिलमिल ने बताया हरीश को, की एक दिन उसे उसकी इतनी याद आई की वो बहुत रोई, हरीश ने उसे समझाया, हम जुदा ही पास आने के लिए हुए हैं, और उसका माथा चूमतें हुए बोला,जिस दिन तुम्हें डॉक्टरी का परिमाण मिलेगा, मुझे सबसे ज़्यादा ख़ुशी मिलेगी, तुम्हारा सर्जन बनकर अपना अस्पताल खोलने का

सपना, तुम्हारे साथ तुम्हारे पूरे परिवार ने देखा हैं, और मैं भी तो तुम्हारा परिवार हूँ??? झिलमिल ने हरीश से कहा, हरीश मैं अगली साल डॉक्टरी करके वापिस आ जाऊँगी, तुम्हारा आगे का क्या विचार है??? हरीश बोला मैं अभी आगे की पढ़ाई करूँगा, ज़्यादा उपाधि पाने के लिए, यह सुनकर झिलमिल का चेहरा उदास हो गया, झिलमिल ने पूछा हरीश से, फिर शादी??? हम कब करेंगे?? हरीश बोला अभी चार साल और नहीं, झिलमिल बेचैन हो गई, बोली हम शादी करके आगे की पढ़ाई कर लेंगे? हरीश ने उसकी बात काट दी, बोला नहीं, जब तक मैं सफल डॉक्टर बन नहीं जाता मैं सोच नहीं सकता, झिलमिल बोली ठीक है, हम बाद में ही अब विचार करेंगे, कहकर उसने अपना बैग उठाया और सामने खड़े ऑटो में जाकर बैठ गई। हरीश ज़िद्दी स्वभाव का था, उसे झिलमिल का बात करने का अंदाज़ पसंद नहीं आया, वो भी उठा और साथ जाकर ऑटो में बैठ गया, झिलमिल एक दम चुप थी, उसने एक शब्द भी हरीश से नहीं कहा, वो पूरे रास्ते रोते रही, उसने डर से हरीश का हाथ कस कर पकड़ लिया, उसे समझ आ गया था कि आने वाले समय में दोनों का अलग होना संभव है, उसके आँसू मोम में घुले दर्द में पिघल रहे थे, हरीश ने उसकी आँखों में देखा और कहा, मेरी बात समझो, झिलमिल बोली मुझे नहीं सुनना, और ना समझना हैं, तुम्हें यह बात मुझे पहले कहनी चाहिए थी, और कितना दूर रहूँ तुमसे??? तुम्हें समझ नहीं आता ना मेरे दिल पर क्या गुज़रती है? मैं टूटे दिल से वापिस लौट जाऊँगी, फिर एक साल इंतज़ार करूँगी और आख़िरी में तुम्हारा ज़वाब ना ही होगा, ऐसा नहीं होता है हरीश, काश मुझसे तुमने साफ़ -साफ़ पहले कह दिया होता, मैं आज भी तुमसे मिलने नहीं आती, झिलमिल बिना रुके बोले जा रही थी, ऑटो वाला बार -बार पलट कर दोनों को घूर रहा था, हरीश को हँसी और गुस्सा दोनों आ रहा था, वो बार- बार झिलमिल को नाक पोंछते देख रहा था, वो उसकी तरफ़ देख कर और ज़ोर-ज़ोर का बड़बड़ाने लगी, हरीश की हँसी छूट गई, झिलमिल ने ऑटो वाले को रोका और ऑटो से उतर गई, हरीश ने उसे रोकने की कोशिश की पर झिलमिल अपने धुन में थीं, वो रोड पर दौड़ी चली जा रही थी, उसने जैसे ही रास्ता पार किया, दूसरी तरफ़ से तेज़ रफ़्तार में आ रहे ऑटो ने उसे धक्का मारा, झिलमिल को धक्का इतनी ज़ोर का लगा की झिलमिल रोड के दूसरे किनारे जाकर गिरी, हरीश भाग कर उसके पास पहुँचा तो झिलमिल बेसुध पड़ी थीं, बस उसने इतना कहा तुम सब लड़के एक बराबर होते हो, तुम सब लड़के एक बराबर होते हो कहकर, वो बेहोश हो गई, हरीश डर गया , उसने झिलमिल को उठाया और ऑटो मे बैठकर डॉक्टर के पास ले गया, डॉक्टर ने उसे जाँचा और बोला हड्डी नहीं टूटी हैं, बस चोट आई हैं, दवा देकर डॉक्टर ने झिलमिल को वापिस

भेज दिया, झिलमिल ने हरीश से बात भी नहीं की और वहाँ से चली गई, हरीश के मन में वो बात घूमती रही कि झिलमिल ने उसे बहुत बुरी तरह से बोला, हरीश ने झिलमिल को कॉल लगाया पर झिलमिल ने उससे बात नहीं की, हरीश ने उसे समझाना चाहा, पर झिलमिल अपनी ज़िद पर अड़ी थी कि किसी भी तरह हरीश बस हाँ कर दें, हरीश उसे जूठा वायदा नहीं करना चाहता था, दोनों अपने-अपने तरह से अपने विचार बना रहे थे, मोहब्बत होती ही इतनी प्यारी चीज हैं, झिलमिल ने ललित को फ़ोन लगाया, उसने कहा कि ललित तुम हरीश को समझाओ, ललित भी शायद हालात से वाक़िफ़ था, उसने झिलमिल से कुछ नहीं कहा, वो अपने दोनों दोस्तों के बीच मुखिया नहीं था, उसकी नौकरी अस्पताल में लग गई थी, वो अपने कार्य में व्यस्त रहता था। उसने झिलमिल को पहले भी आगाह करने की कोशिश की थी, पर शायद झिलमिल का दिल, हालात से जूझने को तैयार नहीं था। एक दिन झिलमिल ने हरीश को कॉल करके बताया की वो अब विदेश वापिस जा रही है, उसके अवकाश ख़त्म हो गए हैं, और अगले हफ़्ते की टिकट है उसकी। हरीश ने उसके पैर के बारे मे पूछा, की तुम्हें चोट लगी थी, तुम धयान रखना अपना, उससे पहले झिलमिल ने कॉल काट दिया, क्योंकि रोमी का कॉल आ रहा था, उसके और ललित के बीच किसी बात को लेकर कहा-सुनी हो गई थी, रोमी और झिलमिल साथ वापिस जाने वाली थीं। झिलमिल जाने से पहले हरीश से मिलना चाहती थी, क्योंकि वो जानती थी की अब दो साल तक दोनों का मिलना नहीं हो पाएगा, झिलमिल ने हरीश से पूछा क्या हम एक बार मिले??? हरीश ने तपाक से ज़वाब दिया, हाँ क्यूँ नहीं??? आओ वीडियो कॉल करते हैं, झिलमिल चिढ़ गई, बोली आ जाओ मिलने, फिर तो दो साल अलग रहना है, हरीश बोला मैं आऊँगा, पहले यह बताओ तुमने उस दिन क्यूँ कहा की तुम सारे लड़के एक जैसे होते हो?? झिलमिल बोली और क्या, तुम्हें मेरे जज़्बात की कद्र नहीं हैं, तुम जानते हो मैं तुम्हारे बिना नहीं रह पाऊँगी, हरीश ने उसे डाँट दिया, की क्या मतलब है तुम्हारा??? तुम जानती हो मेरे भी सपने हैं, शादी का बंधन बहुत ज़िम्मेदारी भरा होता हैं, हँसना, ख़ाना पीना ही शादी नहीं होती, मैं एक सफल डॉक्टर बन जाना चाहता हूँ, और मैंने मना तो नहीं किया, मुझे समय चाहिए, इतना बड़ा फ़ैसला मैं जज़्बात में आकर नहीं ले सकता, झिलमिल बोली मेरा परिवार इतना इंतज़ार नहीं करेगा , मेरे डॉक्टर बन जाने के बाद, मैं ख़ुद भी आगे पढ़ाई करना चाहती हूँ, पर अब उन्होंने मुझे अपने आगे की ज़िंदगी के बारे में फ़ैसला लेने बोला हैं, डाक्टरी में वैसे भी मैंने कई साल निकल दिए हैं, हरीश बोला तुम उन्हें समझाओ, झिलमिल ने हरीश की बात सुनी फिर चुप हो गई, झिलमिल ने कहा मैं भाइया से बात करूँगी, पर सही समय आने

पर, कहकर झिमिल ने कॉल काट दिया।झिलमिल पूरी रात बेचैन रही, पूरी रात उसने अपने पलंग पर करवट बदली, उसे समझ नहीं आ रहा था की भागता वक़्त कैसे थमेगा। झिलमिल को जाने में तीन दिन रह गए थे, हरीश झिलमिल से मिलने आया, दोनों ने तीन दिन साथ बिताए, खूब बातें की, हरीश अपने घर लौट गया, क्योंकि अगले हफ़्ते उसे अपने कॉलेज लौटना था, हरीश ने जाते समय झिलमिल को गले लगाया फिर पलट कर नहीं देखा, झिलमिल ने उसे रोकने की कोशिश कि, पर हरीश ने उसे धक्का दिया और जाकर ऑटो में बैठ गया, और बाहर झांक कर देखा भी नहीं, झिलमिल ऑटो के पीछे भागी, पर हरीश अंदर बैठा रहा, दोनों का जिगर कमजोर था, जुदाई बहुत रुलाती थी। अगले बार मिलने के मोह और लालच से दोनों वापिस चले जाते थे, इस बार भी कुछ ऐसा ही हुआ। झिलमिल टूटे मन से एक आस लेकर अपने घर लौट गई!।

झिलमिल और रोमी दोनों मैनचेस्टर लौट गई। ठंड का मौसम था, बर्फबारी हो रही थी, झिलमिल रास्ते में बस से अपने कमरे में वापिस आ रहीं थी, रास्ता बर्फ की चादर से ढका हुआ था, बस धीरे-धीरे चल रही थी, बस ने जैसे ही झिलमिल को उसके घर के सामने उतारा, झिलमिल भागती हुई अपने घर के अंदर घुसी और कमरे में जाकर अपनी रज़ाई लेट गई, थोड़ी देर बाद उसने अपना फ़ोन देखा तो रोमी का उसमे कॉल आया हुआ था, उसने उसे कॉल लगाया तो रोमी ने बताया की तुम्हारे घर जाने के बाद कॉलेज में सभी बच्चे अपने कमरे में जा रहे थे, नए आगमन वालों को रुकने बोला गया था, तथा उन्हें जीव विज्ञान लैब के सामने खड़ा होना था, बच्चो को पता था की उनकी रैगिंग होगी, पर किसी को नहीं पता था की आगे क्या होने वाला है, सब लड़के लड़की अपनी बारी का इंतज़ार कर रहे थे, भीड़ में मैं भई खाड़ी थीं, आज मेरे साथ वाक्य हुआ झिलमिल, रैगिंग में गुड़ों, मुर्दा घर में रुकने बोला गया था, तथा वहाँ एक रात बितानी थी। मैंने बहुत हाथ पैर जोड़े पर मेरी किसी ने एक नहीं सुनी, सब मुझे डरपोक बोलकर हँसने लगे, मैं वहाँ से भाग गई, पर मेरी रैगिंग अभी बाक़ी है,कहकर उसने फ़ोन राख दिया।रोमी जैसे ही सीनियर्स को देखती, वो नज़र बचाकर भाग जाती, ऐसा सिलसिला कई हफ़्तों तक चलता रहा, उसे रात में सपने में बच्चे उसे डराते हुए दिखने लगे, पर उसे पता था की बड़े बच्चे उसे यह मुर्दा घर वाली रैगिंग करा कर मानेंगे, उसने अपने सिक्षक से भी कहा, पर रैगिंग के मामले में कॉलेज प्रशासन भी कुछ नहीं कर सकता है, क्योंकि यह सालो से चली आ रही प्रथा है, पर कुछ बच्चे मर्यादा का उल्लंघन करते है, जिससे दूसरे छात्र-छात्रा पर असर पड़ता है, कई दिन बीत गए, रोमी को लगा अब उसके साथ मज़ाक़ नहीं होगा, वो अपनी पढ़ाई मे ज़्यादा ध्यान

देने लगी, अचानक एक दिन किसी बच्चे ने अकार उसे बोला की प्रोफ़ेसर तुम्हारा लैब मे इंतज़ार कर रही हैं, कुछ ज़रूरी काम है, रोमी ने बिना सवाल जवाब किए, उसके साथ चली गई, वहाँ जाकर देखी तो टीचर एक बॉडी पर व्यावहारिक तरीक़े से जाँच कर रही थीं, उन्होंने रोमी से कहा इसे अटेंटेंट की मदद से मुर्दा घर में भिजवा दो, रोमी समझ गई कि वो झाँसे में फस चुकी हैं, वो कुछ कहती उसके पहले ही स्टाफ स्ट्रेचर लेकर आ गया, रोमी ने मुर्दा के पैर पर चिप्पी लगाकर, मुर्दा घर की तरफ़ चली गई, उसे पता नहीं था कि वो रात उसकी ऐसी काली बीतेगी, रोमी को स्टाफ ने कहा , डॉक्टर रोमी, आप यहीं रुके, कुछ फ़ॉर्मलाइटीज़ के लिए सीनियर डॉक्टर आते होंगे, रोमी उसकी बात मानकर वही चेयर लगाकर बैठ गई। ठंड थी हीटर चल रहा था, रोमी को कुछ आहट महसूस हुई, उसे लगा किसी मुर्दे की चद्दर सरकी है, अगले पल उसे लगा ऐसा थोड़ी होता है, भूत प्रेत नहीं होते, पर वो अंदर ही अंदर डर गई, उसने आवाज लगाई, कौन है??? कौन है वहाँ??? पर खिड़की के बाहर एक दम सन्नाटा था, जैसे ही रोमी खिड़की के पास रखी बॉडी के पास पहुंचीं, किसी ने पीछे से उसके कान मे धीरे से बोला, मै हूँ, रोमी ज़ोर का चिल्लाई, चद्दर से एक लड़की बाहर आकर बोली कैसी लगी रैगिंग???रोमी इतना ज़ोर का चीखी और वहीं बेहोश हो गई, उसका शरीर नीला पड़ गया था, वो थरथरा रही थी, उसे उसके सीनियर्स बड़ी मुश्किल से बाहर लेकर आए, उन्हें लगा यह तो डरपोक हैं, इतने से मज़ाक़ से कौन डरता हैं, हम तो रोज़ मुर्दा घर आते हैं, और वो लोग उसे बाहर चेयर पर लिटाकर अपने रूम में चले गए। स्टाफ ने रोमी के दोस्तों को बताया की रोमी बेहोश हो गई हैं, वो लोग उसे कमरे मे ले आई। रोमी बेहोशी की हालत मे चीख रही थी, पर उसे सुनता कौन?? सब उसे समझा रहे थे कि यह मज़ाक़ हुआ है तुम्हारे साथ, पर रोमी के ज़ेहन मे वो हादसा घर कर गया।

एक दिन हरीश का पत्र आया की उसे दो साल बाद डिग्री मिल जाएगी, और वो चाहता है की जब वो अपना दीक्षांत पत्र लेने जाए, झिलमिल उसके साथ हो, झिलमिल का दिल ख़ुशी से झूम उठा, वो हरीश के लिए बहुत खुश हुई, झिलमिल जानती थी कि हरीश ने कितनी परेशानियाँ झेली हैं, आज वो इस मुक़ाम पर अपने मेहनत के बलबूते पर पहुँचा हैं, अपने सारे शौक़ मौज त्याग करके हरीश ने सिर्फ़ और सिर्फ़ पढ़ाई की हैं, डॉक्टर बनकर अपने गाँव वालों की सेवा करने का सपना उसका पूरा होने जा रहा था। पर झिलमिल अंदर ही अंदर सोच में डूब गई की क्या अब हम अलग हो जाएँगे?? क्योंकि समय भाग रहा है, हमलोग अभी तक किसी निर्णय पर नहीं पहुँचे हैं??उसने हरीश को पत्र लिखा, हरीश मुझे बहुत ख़ुशी हुई

सुनकर तुम्हें दीक्षांत मिलने जा रहा है, मैं पूरी कोशिश करूँगी उस वक़्त देश आने की, मेरी परीक्षा चालू होने वाली हैं, अगर मैंने अच्छे से सारी परीक्षा निकाल ली तो यहीं पर मैं प्रैक्टिस चालू कर दूँगी। पिछले हफ़्ते मैंने एक पेशेंट की छोटी सी सर्जरी की, जैसे ही मैंने चीरा लगाया खून की धार मेरे कपड़ों पर आ गई, यह मेरा पहला स्वयं किया हुआ ऑपरेशन था, मुझे डर लग रहा था, पर मुझे अपने आने वाले समय में इससे बड़े-बड़े चुनौतियों का सामना करना होगा, तुम मुझें हिम्मत देते रहना, मैं कई बार कमजोर पड़ूँगी, क्योंकि भले मैं डॉक्टर हूँ, पर मेरा जिगर कमजोर हैं, हो सकता हैं आने वाले समय में मुझमें हिम्मत आ जाएँ। मैंने यहाँ काफ़ी नई-नई चीजें सीखी हैं, ज़िंदगी को बहुत क़रीब से देखा हैं, मैंने इंसान को प्राण त्यागते देखा, अपने मोह-माया में बंधा इंसान सब कुछ यहीं छोड़ जाता हैं, हमारे ही कॉलेज के हॉस्पिटल में एक मरीज़ आया था, उसे गले में गाँठ थीं, उसे उम्मीद थीं की वो सही होकर घर चला जाएगा, उसके ऑपरेशन के कुछ दिनों बाद वो वापिस चला गया, पर कुछ महीनों बाद उसने दुबारा अपनी तकलीफ़ की शिकायत की, हमने उसे जाँच के बाद भर्ती किया, पर इस बार उसे कुछ महसूस हो गया था, वो अपनी फ़ैमिली को साथ लेकर आया था, जैसे की उसे पता था कि यह उसके जीवन के आख़िरी पल हैं, उसका एक बेटा, बहुत सुंदर संगीत गाता था, सीखा उसने अपने पिता था, ऑपरेशन से पहले मेरे पेशेंट नें मुझसे विनती की, वो अपने परिवार से मिलना चाहता हैं, दोनों बाप बेटे ने साथ में गाना गाया, हॉस्पिटल उनके संगीत की धुन से गूंज उठा, पूरा वातावरण इतना मुग्ध-मग्न हो गया, मेरी आँखो से आँसू छलक पड़े, मैं जैसे ही बाहर जाने लगी, सोचा एक कप चाय ले आती हूँ, मेरी नर्स ने मुझे बताया की पेशेंट की नव्ज़ कम होते जा रहीं हैं, हमने उन्हें बचाने की कोशिश की पर संगीत की धुन में रमकर वो ख़ुशी-ख़ुशी चले गए, उनका बेटा बहुत देर तक उनके पास बैठा रहा, और फिर अपना गिटार अपने पिताजी के बग़ल में रखकर बाहर चला गया। मुझे उस वक़्त महसूस हुआ की इंसान पल भर में खुश होता हैं, अपने जीवन में अनेक ख़्वाब बुनता हैं, और अगले ही पल सब सांसारिक मोह माया को त्यागकर, सबको अकेला छोड़ जाता हैं, मैं बहुत देर तक उन्हीं विचारों में उलझी रही, अपनी कुर्सी पर बैठे-बैठे किताब पर चित्र बनाती रहीं, पता नहीं मैं किन ख़यालों में डूबी थीं, घड़ी में घंटे की आवाज़ टक-टक चल रही थी, मैंने अपने कमरे का पर्दा सरकाया तो देखा बाहर सबकुछ पहले जैसा था, इंसान अपने पीछे सिर्फ़ यदों में बुनी अपनी जीवन शैली की कहानी छोड़ जाता हैं। हम आज इस पद पर हैं की हमे हर मुश्किल, छोटी लगती हैं, हम एक छोटा सा चीरा भी बड़ी आसानी से लगा देते हैं, तथा घाव पर टाँका भी कर देते हैं, हम डॉक्टर

बनकर क्रूर हो जाते हैं, पेशेंट सही हो जाता है तो उसे ख़ुशी ख़ुशी घर भेज देते हैं, अगर किसी कारण वर्ष उसकी मृत्यु हो गई तो उसके परिवार को सांत्वना देकर हट जाते हैं, हम हर प्रक्रिया में सामान्य रूप से ही व्यवहार करते हैं, हमे आम इंसान की नज़र से नहीं देखा जाता, हमें भगवान का दर्जा दिया जाता हैं, पर क्या हम उस काबिल हैं??? हम तो बस अपना फ़र्ज़ निभाते ह डोर तो ऊपर वाले ने थाम रखी हैं, हरीश मुझे लगता हैं मैं ज़्यादा ही आज भावनाओं में लीन हो गई हूँ, तुम्हारी बहुत याद आ रही हैं, यहाँ बर्फ बारी हो रही हैं, मन अशांत हैं, चलो मेरे पत्र को पढ़कर उदास मत होना, तुम्हें खुश देखकर मुझमें हिम्मत आती हैं, जल्दी मिलने की कामना करती हूँ।

शाम को झिलमिल अपने क्लिनिक में बैठी थी, अपने मोबाइल पर कुछ खंगाल रही थी, तभी उसके पास ईमेल आया हरीश का, झिलमिल ने समय नहीं गवाते हुए हरीश का पत्र पढ़ना शुरु किया, हरीश ने अपने प्यार को बड़ी मासूमियत से इज़हार करते हुए कहा,

हम साथ होंगे एक दिन, सपना दोनों ने सजाया है,

दूरी तेरी सही ना जाती, पत्र का रूप मेरा प्यार लेकर आया है।

झिलमिल मुझे दीक्षांत मिलने की तारीख़ तय हो गई है, तुम्हारा आने का क्या विचार है? मैं चाहता हूँ जब मुझे दीक्षांत का परिणाम मिले हम दोनों उस दिन साथ हो, मेरे जीवन का यह पल बहुत यादगार होगा, तुम अपना कार्यक्रम बता देना, तुम कैसी हो झिलमिल?? अपना ख़याल रखती हो या नहीं?? चलो अभी मैं अस्पताल जा रहा हूँ, शाम को मुझे कॉल करना, बहुत सारी बातें करनी है। मैंने वेस्पा स्कूटर लेने का विचार बनाया है, २००० रुपए का मिल रहा है, क्या कहती हो ख़रीद लू?? हँसना मत, कामचलाऊ ही सही, छोटे शहर में गाड़ी चलाना मुश्किल है।

तुम्हारा प्यारा,

हरीश।

झिलमिल की आँखें डबडबा गई, वो उन लम्हों में खो गई जब उसने और हरीश ने साथ में अपना मेडिकल का फॉर्म भरा, दोनों ने डॉक्टर बनने का सपना साथ देखा, अब वो तारीख़ आ ही गई, जब हरीश को अपना दीक्षांत का परिणाम मिलेगा, असमान में बादल छट जाएँगे, सूरज अपने प्रताप से पूरी ज़मीन को गर्म कर देंगे, वो पल कितना हसीन होगा , जब हरीश अपने हाथ में परिणाम लेकर मेरे पास आएगा, और हम दोनों एक सफल डॉक्टर बनकर अपने सपने पूरे होते हुए देखेंगे। झिलमिल अपने ख़्वाब बुन रही थी, तभी उसके हाथ से मोबाइल गिर गया, उसने टेबल के नीचे पड़ी एक फाइल देखी, शायद यह किसी अटेंडेंट कि हो सकती थी,

झिलमिल ने वो फाइल उठाई तो उसमे एक मरीज़ का केस दर्ज था। पेशेंट की मौत आत्मा हत्या के वजह से हुई थी। कारण शायद परीक्षा में असफल होना था, पढ़ाई का बोझ ज़्यादा था, परिवार दवाब डाल रहा था, झिलमिल ने उस मृतक लड़के की पूरी कहानी इंटरनेट पर पढ़ी। झिलमिल अपनी पढ़ाई और अस्पताल में व्यस्त रहती थी, बाक़ी समय वो हरीश को याद करके बिताती थी। झिलमिल उस मृत व्यक्ति की कहानी पढ़ ही रही थी, तभी वहाँ के स्टाफ ने झिलमिल से अकार बोला की यहाँ एक फाइल गिरी हुई थीं, डॉक्टर आपने कोई फाइल देखी है क्या??? झिलमिल ने अटेंडेंट को फाइल देते हुए उस लड़के की मौत की वजह पूछी, उसने वही वाक्य बताया जो इंटरनेट पर लिखा था, उस वार्ड बॉय ने बताया की उसके शरीर को यहीं के मुर्दा घर में रखा गया था, परिवार को जब शव दिया गया तो उनलोगों के चेहरे पर एक अजीब सी निराशा थी, जैसे उन्हें अपने बेटे से ही सारी उम्मीद थी, वो अपना सपना अपने बच्चे में जीना चाहते थे, बेटे का यूँ जाना उन्हें अंदर तक तोड़ दिया था, उनका बेटा एक बहुत ख़ुशमिज़ाज लड़का था, ग़लत संगत में आकर, उसका पढ़ाई से मन हटने लगा था, जहाँ उसके परिवार वाले उसके पायलट बनकर कामयाबी के सपने देख रहे थे, उनका बेटा पढ़ाई छोड़ कर शराब और ड्रग्स के नशे में चूर रहने लगा था, उस रात भी माँ-बेटे में किसी बात को लेकर बहस हुई, बेटा नशे में था, उसने अपने को गोली मार ली, जब तक उसकी माँ एम्बुलेंस बुलाती उनके बेटे की मौत हो चुकी थीं, बेटे ने माँ की गोदी में दम तोड़ा था, जब उसकी माँ गाड़ी से वहाँ पहुँची तो उनके कपड़े खून से सेन हुए थे, आँसू सो भरी नज़रे और ख़ौफ़ से सिकुड़ा हुआ चेहरा साफ़ ब्यान कर रहा था की मामला गंभीर है।

माँ- बाप शायद अपने बच्चो में एक अनचाहा सपना बुन लेते हैं, पर वो यह नहीं समझ पाते कि उनके बच्चे इस सपने को पूरा करने में कितने काबिल हैं, हमे एक अच्छे माँ बाप बनने के साथ बच्चो के साथ उनके मानसिक व्यवहार का भी ख़ास ख़याल रखना चाहिए, बच्चो के ऊपर अपने तनाव लादना बच्चे के दिमाग़ पर असर डालता हैं, बच्चो के पास अपनी ही परेशानीय बहुत होती हैं, बच्चे आपके दिमाग़ी बोझ को लेने के काबिल नहीं होते, उनपर दवाब उनको नुक़सान पहुँचाता है, हम उन्हें कहते हैं की, हम तुम्हारे दोस्त हैं, और उनसे अपनी हर परेशानी घर की बातें कहने लगते है, हमारा ऐसा व्हवाहार ग़लत साबित हो सकता है। झिलमिल और वार्ईबॉय उस लड़के की चर्चा कर रहे थे की झिलमिल का फ़ोन बजने लगा, उसे उसकी माँ ने कॉल लगाया था, झिलमिल ने वार्ड बॉय को वहाँ से जाने बोला और अपनी माँ से दूरभाष पर बातें करने लगी, माँ ने झिलमिल से पूछा तुम्हारी आवाज़

क्यूँ दुखी हैं झिलमिल ?झिलमिल ने पूछा माँ आप कैसे समझ गई की मैं परेशान हूँ??? माँ ने कहा, आख़िर मैं माँ हूँ तुम्हारी,

झिलमिल ने अपनी माँ को बताया की उसने उस लड़के की कहानी पढ़ी जिसने अभी दो दिन पहले ख़ुदख़ुशी की थी। माँ मैं बहुत निराश हूँ की कोई बच्चा ऐसे कैसे कर सकता है?? वो अपनी माँ से दूसरे विकल्प के लिए बात कर लेता, राधा ने झिलमिल की बात बीच में काट दी और बोली हम तुमलोगों को इतना बड़ा करते हैं, सपने सजाते हैं, पर यह नहीं सोचते कि तुमलोग हमारे बारे में एक बार भी नहीं सोचते, शायद उस बच्चे ने भी नहीं सोचा, अगर वो सोचता तो ऐसा कदम नहीं उठाता। ख़ुद तो मर गया, अपनी अनसुलझी कहानी पीछे छोड़ गया, यह भी नहीं सोचा उसके माँ-बाप उसके बिना कैसे जिएँगे, झिलमिल, तुम्हारे मन मे अगर कोई बात हो तो मुझसे ज़रूर साझा करना, इस अधेड़ उम्र मे तुम अपने फ़ैसले लेने लायक़ हो गई हो, पर जहाँ तुम्हारे कदम डगमगाए, तुम्हें घबराहट हो, एक बार पीछे मुड़ कर देख लेना, तुम्हारा परिवार तुम्हारे साथ खड़ा होगा, झिलमिल रोने लगी, उसे हरीश की बात अपनी माँ से करने की इच्छा हुई, पर यह सोचकर मन को संतोष कर लिया कि दीक्षांत के बाद ही बात करना बेहतर होगा। अपनी इच्छा को मन के किसी कोने मे दबाकर झिलमिल ने अपने पिताजी का हाल पूछा, माँ ने बताया की पिताजी तुम्हारे वापिस आने का इंतज़ार कर रहे हैं, हमारा वीज़ा कैंसिल हो गया, अन्यथा हमलोग तुम्हारे पास आते। बेटा तुम्हारा सपना पूरा होने जा रहा है, तुमने बचपन से सपना देखा, अब वो हक़ीक़त में बदल रहा है, बस तुम अपने सपनों में रंग भर्ती जाओ, सफलता तुम्हारे कदम चूमेगी। पापा अभी दुकान से वापिस नहीं आए हैं, दीदी की भी अब पढ़ाई पूरी हो गई है, हमलोग उनकी शादी का अब विचार बना रहे हैं, कई रिश्ते आए, सबसे अच्छा परिवार ही हमलोग चुनेंगे, तुम्हारी दीदी के बाद तुम्हारा भी सोचना है बाउआ, अभी तुम अपनी पढ़ाई पूरी करो, झिलमिल अपनी माँ की बात सुनती रही, एक हाथ मे उसकी और हरीश की तस्वीर थी, जो उसने पिछली बार मिलने पर खिंचवाई थी, नोका चलाते समय, झील में। झिलमिल ने वो तस्वीर अपनी किताब के बीच पन्ने में सँभाल कर रखी थी। सात समुन्दर पार कोई उससे मोहब्बत करता था, उसका जीवन उसके लिए समर्पित था।

झिलमिल के पिताजी का जीवन एक साधारण दुकानकर वाला था, सुबह पूजा पाठ करके दुकान खोलना, शाम को समय पर दुकान भड़ा देना। अपनी दोनों बेटियों को प्राण प्रिय प्यार करने वाले पिता के जीवन का लक्ष्य ही उनके परिवार की ख़ुशी में समर्पित था। पिता और बेटियों का एक खूबसूरत रिश्ता, जो वाक़ई

हर रिश्ते से ऊपर होता है, पिता की गोद में पहली बार उसका बच्चा आता है तो वो ख़ुशी संसार में सबसे ख़ूबसूरत होती है, माँ-पिता अपने अपने हिस्सो की ज़िम्मेदारियाँ अपने पूरे तन मन धन से संपर्ण करते है, जेब भले ख़ाली हो, हाथ हमेशा देने के लिए खुले रेहते हैं। पिता की शर्ट दस साल पुरानी भी होगी और बच्चे ने बोल दिया कि पापा आपकी शर्त पुरानी हो गई है, आप नई क्यूँ नहीं ख़रीद लेते, तो पिता के पास हाज़िर जवाब होता है, की अरे बेटा अभी तो ली है, जबकि उस बात को दस साल हो चुके होते हैं। उनके लिए पुराने रिश्ते और पुराने कपड़ों की समान इज़्ज़त होती है, शायद हम आज की पीढ़ी इस बात का अनुभव नहीं कर पाते हैं, ना कर पाएँगे। तजुर्बा बहुत कुछ सिखाता है, अनुभव से इंसान अपनी ज़िंदगी में सफलता पाता है, पिता एक ऐसी पूँजी हैं, जिनका साया सिर पर हो तो इंसान मुश्किल हालात भी आराम से पार कर लेता है।

देखते ही देखेत हरीश के दीक्षांत का हफ़्ता क़रीब आ गया था, झिलमिल भी अपने देश आ गई थी, अपने दोस्तों के साथ वो भी राजपुरा जाने के लिए तैयार थी।

14

दीक्षांत का दिन

समय की रफ़्तार किसी के लिए नहीं रुकती हैं, वक़्त भागता हैं, हमे वक़्त के साथ कदम से कदम मिलाकर चलना पड़ता है। झिलमिल और हरीश को भी अपने दीक्षांत के परिणाम का बेसब्री से इंतज़ार था, हरीश और झिलमिल दोनों कैलेंडर मे रोज़ एक तारीख़ काट रहे थे, मन में उत्साह, बैचैनी, घबराहट। पूरा भविष्य एक प्रमाण पत्र पर टिका था।

झिलमिल ने अपने दोस्त से कहकर एक स्कूटी का इंतज़ाम करवा लिया था। झिलमिल की दोस्त ने स्कूटी हरीश और झिलमिल को कुछ घंटों के लिए दे दी थी , हरीश और झिलमिल ने सोचा क्यों न इस पर शहर घूमा जाए। हरीश ने झिलमिल को स्कूटी पर पीछे बैठाया और दोनों पेट्रोल पंप पहुंचे, हरीश ने वहां पेट्रोल डलवाया, और झिलमिल से कहा, चल मेरे साथ, मैं तेरी डोली लेकर आया हूं, झिलमिल ने लपक कर हरीश को गले लगा लिया, वैसे भी जब भी झिलमिल हरीश के साथ होती थी वो हरीश से चिपकी रहती थी, एक पल की दूरी भी झिलमिल को बहुत तड़पाती थी। दोनों स्कूटी पर घूमने निकल गए, हरीश ने झिलमिल के लिए गाना भी गया, झिलमिल ने हरीश की कमर कस कर पीछे से पकड़ रखी थी। पहले दोनों कॉलेज गए, हरीश ने वहां से दीक्षांत समारोह में पहनने वाले कपड़े लिए, फिर थोड़ी देर कॉलेज में रुकने के बाद दोनों स्कूटी पर सवार होकर कुछ खाने चले गए। दोनों अपनी धुन में मगन थे। हरीश को इतना अच्छा स्कूटर चलाना नहीं आता था, कहीं-कहीं पर झिलमिल ने भी स्कूटी चलाई, दोनों ने खूब मस्ती की। शाम को हरीश और झिलमिल ने ललित को रेलवे स्टेशन से उठाया और उसे भी स्कूटी पर बीच में बैठा लिया था। ललित का वजन बहुत ज़्यादा था, हरीश स्कूटर में आगे लटक कर बैठा था, झिलमिल पीछे झोले जैसे लटकी हुई थी। किसी बात

पर ललित की हँसी छूट गई, स्कूटर हिलने लगा, हरीश ने ललित को डाँटा की हँस मत मोटू, हमलोग गिर जाएँगे। झिलमिल झल्लाहट मी स्कूटर से उतर गई, हरीश ने झिलमिल को उसके घर के पास उतार दिया और स्कूटी लेकर ललित के साथ वहाँ से चला गया। अगले दिन सुबह ,झिलमिल ने हरीश से कॉलेज में मिलने का वायदा की, पूरी रात बैचेन रहने के बाद सुबह झिलमिल जल्दी उठाकर तैयार हो गई और हरीश के पास चली गई, दोनों साथ में कॉलेज पहुँचे, हरीश ने झिलमिल का हाथ कस कर पकड़ रखा था। हरीश के किसी दोस्त ने पूछा क्या यह झिलमिल है?? हरीश तुरंत बोला, हाँ यह मेरी झिलमिल है, दोनों ने खूब सारी तस्वीर साथ में खिंचवाई। थोड़ी देर में हॉल मे जाने का समय आ गया, झिलमिल ने जल्दी से हॉल मे अपनी जगह ले ली, ताकि वो हरीश को दीक्षांत लेते हुए देख पाए। एक-एक करके सारे छात्र दीक्षांत का परिणाम हाथ मे लेकर मंच से नीचे आ रहे थे, आख़िरकार हरीश का भी नाम पुकारा गया, हरीश ने अपना प्रमाण-पत्र हाथ मे लिया, हरीश के चेहरे पर अलग ही तेज था, चेहरे पर एक धीमी सी मुस्कान, हरीश धीरे से मंच से नीचे आया, झिलमिल सीढ़ियों से भागती हुई नीचे आई, हरीश ने उसे अपना प्रमाण पत्र दिखाया, झिलमिल हरीश के गले लग गई, हरीश रोने लगा। झिलमिल की आँखो से ख़ुशी के आँसू झलक पड़े। दोनों के होठ कलप रहे थे। शब्द आँसू से झलक रहे थे। हरीश का डॉक्टर बनने का सपना पूरा हो गया था। अब वो अपना छोटा ही सही एक अस्पताल खोल सकता है, इतने सालो की मेहनत और उसका असमान छूता हुआ परिमाण किसी क़िले को फ़तह करने जैसा महसूस हो रहा था। असमान में अलग प्रताप था। दुख के बादल छट गए थे। हर तरफ़ उजाला ही उजाला था। झिलमिल और हरीश हॉल के बाहर निकल आए। हरीश के साथ ललित भी था। ललित के और भी कई साथी थे, ललित उनसे बात चीत में व्यस्त था। उसकी झिलमिल से ज़्यादा बात नहीं हो पाई। रोमी का दीक्षांत में आना संभव नहीं हो पाया था क्योंकि उसका जहाज़ छूट गया था। ललित बहुत उदास था। पर ललित, हरीश और झिलमिल ने पूरा दिन खूब मज़ा किया, शाम को तीनों किसी टपरी पर समोसा खाने बैठे तो हमेशा की तरह हरीश और झिलमिल में किसी बात को लेकर कहा-सुनी हो गई थी। झिलमिल रोने लगी, ललित ने उसे रोता देखा तो उसे आँख दिखाकर बोला की चुप हो जाओ। झिलमिल उठी वहाँ से और चली गई। हरीश अगले दिन अपने गाँव वापिस जा रहा था। झिलमिल उसे छोड़ने रेलवे स्टेशन गई थी, झिलमिल ने हरीश से पूछा तुम वापिस कब आओगे मुझसे मिलने???मुझे तुमसे बात करनी है, हरीश बोला इसी महीने की बीस तारीख़ को। झिलमिल खुश हो गई, की वो हरीश के साथ तीन दिन रह पाएगी। वायदे अनुसार

महीने की बीस तारीख़ को हरीश आया, झिलमिल उसे लेने रेलवे स्टेशन गई, दोनों ने साथ में ख़ाना खाया, झिलमिल ने हरीश से अपनी मन की बात पूछ ही ली, हरीश तुम कब बात करोगे मम्मी से शादी के लिए??? झिलमिल ने हरीश का हाथ कस कर पकड़ रखा था, हरीश थोड़ी देर तो चुप रहा, इधर उधर देख फिर झिलमिल के सिर पर हाथ फेरते हुए बोला, झिलमिल मैं शादी नहीं कर पाऊँगा, अभी मैं इतनी बड़ी ज़िम्मेदारी नहीं ले सकता, मुझे वक़्त चाहिए, अभी मुझे जीवन में कुछ बनकर दिखाना है, तुम मेरे मन की दिशा को समझो, झिलमिल अंदर तक से हिल गई, उसने और कस कर हरीश का हाथ पकड़ लिया, झिलमिल ने सोचा हरीश मज़ाक़ कर रहा है, इसे दवा की ज़रूरत है, झिलमिल तो वैसे भी चुलबुली स्वभाव की थी, वो अपनी चेयर से उठी और हरीश के होंठ के पास अपने होंठ लेजाकर बोली, प्यासे हैं यह, क्या कहते हो???? हरीश ने झिलमिल को कंधे से पकड़ा और धीरे से कुर्सी पर बैठा दिया, बोला झिलमिल बचपना मत करो, शादी कोई गुड्डे गुड़िया का खेल नहीं है, अभी तो हमे जीवन में बहुत आगे जाना है, अभी तो मेरा भाई, मेरी छोटी बहन सब कुँवारे हैं। क्या तुम्हें यक़ीन है कि हमारा एक होना संभव है? हम दोनों दो अलग अलग जाती के हैं, क्या हमारा परिवार यें स्वीकार करेगा??? कभी भी नहीं, और उनके ख़िलाफ़ जाकर मैं शादी कभी नहीं करूँगा, तुम जानती हो हम एक होने के लिए नहीं बने हैं, पास आकर बस हमे तकलीफ़ होगी, दूर जाकर हम ज़्यादा खुश रहेंगे, शादी करने से हमे सिर्फ़ दुःख मिलेगा और साथ में बदुआ, क्योंकि भले हम दिल से एक हैं पर ये रिश्ता यहीं तक के लिए बना था। ना तुम ख़ुश रह पाओगी ना मैं, मैंने बहुत कड़ा मन कर लिया है, और मेरा यही फ़ैसला है,और मेरा फ़ैसला नहीं बदलेगा अब, तुम क्यूँ नहीं समझते हो हरीश? मैं तुम्हारे बिना नहीं जी पाऊँगी। तुमसे मैंने शिद्दत से मोहब्बत की हैं, ऐसे कैसे तुम माना कर सकते हो?? क्या इतने पत्थर दिल हो गए तुम? हमने जीवन के ६ साल साथ बिताए हैं, हर छोटी बड़ी ख़ुशियाँ साथ बाँटीं, एक झटके में ऐसा अलग होना मेरे लिए मुश्किल हैं हरीश। हरीश क्या तुम वो पल भूल गए जब तुम्हें दीक्षांत में परिणाम मिला था? पूरे हॉल में तुम्हारी नजरे मुझे ढूँढ रहीं थीं??

जब मैं सीढ़ियों से उतर कर नीचे तुम्हारे पास आई तो तुमने मुझें गले लगा लिया, एक सफल डॉक्टर बनने की चमक तुम्हारी आँखो में झलक रही थी। तुम्हारे होंटो को चूमतें वो मार्मिक अश्रु मुझें भी कमजोर कर दिए थे, हम दोनों उस पल कितने ख़ुश थे, आख़िर ऐसा क्या हो गया की तुम मुझसे अब दूर जाना चाहते हो??? तुम्हें कितना समय चाहिए ??बोलो मुझे मैं तुम्हारा इंतज़ार करूँगी हरीश, पर तुम मुझें छोड़ कर मत जाओ....मैं किससे बात करूँ?? कौन हैं जो तुम्हें समझा

सकता हैं, क्या हमारी मोहब्बत इतनी कमजोर हैं की हमारी सहायता अब दूसरे आकर करेंगे??ललित भी मेरी बात नहीं सुन रहा, उसे तो जैसे पहले ही आभास हो गया था कि हम दोनों अलग होने वाले हैं, उसने क्यूँ नहीं मुझे आगाह किया?? दोस्त था ना वो मेरा?? क्या इसे दोस्ती कहते हैं?? आज जब मुझें उसके साथ कि जरूरत हैं तो उसने भी मेरी बात नहीं सुनी, हरीश हमने तो जीवन साथ बिताने का वायदा किया था, आज जब हमे अपने आने वाले जीवन का निर्णय लेना हैं, तुमने एक झटके में मेरा हाथ छोड़ दिया, मेरे को हर बात अब चुभ रही हैं, तुम्हारा क्या वो प्यार से गले लगाना एक छलावा था??? मैं अपने प्यार की इज़्ज़त करती हूँ, और तुम्हारा सम्मान, तुमसे सिर्फ़ मैंने मोहब्बत ही नहीं की, तुम्हें मैंने पूजा है, शायद तुम्हारा यह निर्णय एक दिन का नहीं हैं, कुछ तो था तुम्हारे मन में जो तुम्हें अन्दर ही अन्दर तोड़ दिया, मुझसे ग़लतिया हुई हैं, इंसान हूँ, भगवान नहीं, पर मेरे दिल पर मेरा बस नहीं हैं, काश मैं तुम्हें बता सकती की तुमसे दूर जाकर मैं सिर्फ़ और सिर्फ़ तड़पूँगी, तुम्हारी यादें मुझें जीने नहीं देंगी, मोहब्बत तो मैंने कर ली, पर शायद दूर जाकर दर्द सहने की ताक़त मुझमें नहीं है। हरीश वहाँ से उठा और झिलमिल से बोला अब चलते हैं घर, मुझे कल गाँव जाना है, ख़याल रखना अपना।

15

प्यार को नजर लग जाती है

रोती-भिलखती झिलमिल ने हर प्रयास कर लिया हरीश को मनाने का, दिन-हफ़्ते-महीने बीतने लगे, झिलमिल एक ही शब्द पूछती, हरीश मेरी गलती तो बताओ?? आख़िर क़सूर क्या है मेरा, मैं ख़ुद को बदलने की कोशिश करूँगी, पर हरीश ज़िद्दी था, उसपर अलग होने की धुन सवार थी, शायद या तो वो इस अनचाहे रिश्ते से थक गया था, क्योंकि उसे आगे इस रिश्ते में कोई भलाई नहीं दिख रही थी, या वो डरता था, मोहब्बत तो उसने कर ली, शायद उसने यह अपनी गलती समझ ली या ख़ुद को क़सूरवार मानता था, ठोकर ख़ाकर संभल जाने का प्रयास उसे झिलमिल से दिन पर दिन दूर कर रहा था। झिलमिल उसकी मोहब्बत में और ज़्यादा दीवानी हुए जा रही थी। हरीश हर प्रयास करने लगा झिलमिल से दूर होने का, झिलमिल उससे उतना ही ज़्यादा चिपकती थी, झिलमिल उसे चिट्ठी लिखती, उसके जवाब का इंतज़ार करती। झिलमिल अपने हाथ से हरीश के लिए कार्ड बनाती थीं। झिलमिल का मन इस बात को नहीं मान रहा था की हरीश अब उससे दूर जा चुका है, झिलमिल का पूरा ध्यान हरीश में लगा रहता था, की किसी भी तरह हरीश उसके पास वापिस आ जाए। झिलमिल अपने अस्पताल भी नहीं जाना चाहती थी, वो पूरी रात रोती रहती थी। एक तरफ़ उसके दोस्त ख़ूब मज़े करते वही झिलमिल हरीश को पाने का प्रयास करती रहती....झिलमिल को उम्मीद थी की हरीश वापिस आ जाएगा, जज़्बाती थी झिलमिल, रोमी उसे बहुत समझाती पर झिलमिल अंदर ही अंदर टूट गई थी। एक दिन हिम्मत करके झिलमिल ने अपनी माँ को हरीश के बारे में बता दिया, झिलमिल की माँ बहुत क्रोधित हुईं,

क्योंकि वो झिलमिल से ऐसी कोई भी उम्मीद नहीं करती थीं। फिर भी उन्होंने कहा ठीक हैं मैं एक बार हरीश से बात करूँगी| झिलमिल का मन मयूर सा नाच उठा । झिलमिल जानती थी कि हरीश वापिस नहीं आएगा, धीरे धीरे वक़्त बीतने लगा, हरीश ने झिलमिल का फ़ोन भी उठाना बंद कर दिया, झिलमिल उसे रास्ते में सरकारी दूरभाष से कॉल करती तो वो अनजान नंबर समझकर उठा लेता, पर जैसे ही झिलमिल की आवाज़ सुनता, फ़ोन काट देता था। ऐसा सिलसिला कई महीनों तक चला, झिलमिल और ज़्यादा परेशान रहने लगी थी, इन दोनों के झगड़े के कारण ललित से भी झिलमिल की बात चीत बंद हो गई थीं, जहाँ एक तरफ़ झिलमिल ललित से सबसे ज़्यादा क़रीब थी, हरीश से मन मुटाव के बाद झिलमिल का ललित से भी बात-व्यवहार कम हो गया था।मन में इतनी उथल पुथल और घबराहट के साथ झिलमिल ने अपने देश वापिस जाने का मन बना लिया था, उसने तो हरीश से पहले ही कह दिया था कि, मेरी पढ़ाई पूरी होने के बाद मैं देश लौट आऊँगी, और यहीं अपना छोटा सा क्लिनिक खोल लूँगी। हरीश को झिलमिल रोज़ याद करती थी, ऐसा कोई वक़्त नहीं होता था कि जब झिलमिल अपने फ़ोन में हरीश के कॉल का इंतज़ार नहीं करती हो, उसे उम्मीद थी, की हरीश वापिस ज़रूर आएगा, वो नाराज़ है, पर मेरे बिना नहीं रह सकता, ऐसा कैसे हो सकता है कि हम इस तरह से एक पल में अलग हो जाएँगे, मेरा मन यक़ीन करने पर राज़ी नहीं हो रहा, यह मुझे भगवान ने कैसी दुविधा में डाल दिया है, मैं उसके साथ भी नहीं रह सकती, और दूर जाना मेरे बस में नहीं है, मेरे सब दोस्त हस्ते मुस्कुराते है, पर मेरी हंसी कहीं खो गई, मेरा अंदर से किसी से बात करने का मन नहीं होता है, हरीश तो अपनी दुनिया में खुश होगा, उसे दुनिया की तमाम ख़ुशियों से भगवान नवाज़ रहे होंगे, भगवान मेरे हिस्से की ख़ुशी भी उसे ही दे दे, क्योंकि मेरी ख़ुशियाँ जो थीं, वो तो हरीश के साथ चली गई, मुझे बहुत समय लगेगा असलियत से वाक़िफ़ होने में, मेरा तो अब अस्पताल जाने का भी मन नहीं होता है, मैं तो आगे की पढ़ाई भी नहीं कर पाऊँगी , काश मुझे पहले पता होता, तो मैं कभी प्यार करती ही नहीं, यह सब मेरे साथ ही क्यूँ हो रहा है??? आख़िर क्यूँ??? यह सोचते सोचते झिलमिल सुबक-सुबक कर रोने लगी, मुझे मेरा हरीश वापिस चाहिए, भगवान प्लीज़ कुछ करिए, प्लीज़, मैं ऐसे नहीं जी पाऊँगी,

मन में इतनी उथल पुथल और घबराहट के साथ झिलमिल ने अपने देश वापिस जाने का मन बना लिया था। आख़िर ललित ने भी अभी मुझसे दोस्ती ख़त्म कर ली, क्या हमारी दोस्ती यहीं तक सीमित थी?? मैं किसी से कह भी नहीं सकती की आख़िर मेरे जीवन में यह कैसा सैलाब आ गया, मेरी ख़ुशियाँ एक बार में बिखर

गई, मैं तो अपना जीवन नई तरह से शुरू करने का सोच भी नहीं सकती हूँ, मैं कहाँ जाऊ??? मौत भी मुझे छू कर चली जाएगी, क्योंकि मुझे तो अपने किए का अभी सबक़ मिलना बाक़ी है, मैं थक गई हूँ, मेरे आँसू बंद क्यूँ नहीं होते है, मेरे पास हरीश के पास जाने का कोई साधन भी नहीं है, वो मेरी बात अब ना सुनेगा, ना समझेगा, मुझे अब यह जीवन भारी लग रहा है, मैंने पहली बार मोहब्बत की वो भी इतनी सिद्धत से, और मेरा दिल तोड़ने में हरीश का मन ज़रा भी नहीं कलपा??? इतना पत्थर दिल वो कैसे हो गया??? क्या उसके सारे वायदे जूठे थे??? मुझे कौन इन बातो का जवाब देगा, कोई तो मेरा साथ दे...क्या मैं मम्मी से बात करूँ??? उन्हें सब सच सच बता दूँ??? अरे नहीं, बे मतलब मेरे लिए परेशानी और ज़्यादा भड़ जाएगी, मुझे कुछ तो करना पड़ेगा, झिलमिल अपने अस्पताल में बैठी बैठी यह सब सोच रहीं थी, तभी उसको एक इमेल आया, की उसकी ग़ैर ज़िम्मेवारी मिज़ाज के कारण उसे अस्पताल से निकाला जा रहा है, यह पढ़ते ही झिलमिल के पैरो तले ज़मीन नहीं थी, उसके पास ख़ुद को व्यस्त रखने का एक ही उपाय था, उसकी नौकरी, अब तो उसके पास वो भी नहीं थी, झिलमिल और टूट गई थी। अगले महीने उसका दीक्षांत समारोह था, वो सोची, क्यूँ ना, कोशिश करूँ हरीश को बुलाने की, आख़िर उसे भी इंतज़ार था इस दिन का, अब जो मेरे जीवन में कठनाई आ गई है, उसे तो मुझे झेलना ही है, मेरे पास एक ही उपाय है की मैं समारोह के बाद अपने देश लौट जाऊँगी, वहाँ किसी अस्पताल में नौकरी करके ख़ुद को संभलने का प्रयास करूँगी, पर अगर ऐसा नहीं हो पाया तो फिर मैं घर में बात करूँगी। शायद वो लोग मेरी मदद कर सकेंगे।

समय बीत गया, झिलमिल ने हरीश को कॉल लगाया और बताया की उसका दीक्षांत समारोह अगले महीना है, तुम आ जाओ हरीश, हरीश ने उसे साफ़ मना कर दिया, की ना मेरे पास समय है, ना मैं आना चाहता हूँ, और बार बार मुझे कॉल करके तंग मत किया करो, नहीं तो मैं अपना नंबर ही बदल लूँगा, समझी या नहीं??? झिलमिल जब तक कुछ कह पाती, हरीश ने फ़ोन काट कर फ़ोन बंद कर दिया, झिलमिल फिर भी उम्मीद लगाए बैठी थी की शायद हरीश फ़ोन खोलेगा तो उससे बात हो जाएगी, पर हमेशा के जैसे झिलमिल को निराशा ही हाथ लगी। सब डॉक्टर्स दीक्षांत समारोह के लिए बहुत उत्साहित थे, पर झिलमिल अंदर से टूटी हुई थी, एक जूठी मुस्कान उसके होठों पर थीं, सब एक दूसरे से गले मिल रहे थे, पर झिलमिल एक कोने में खड़े होकर आँखो में आँसू दबाए अपने फ़ोन को निहार रही थी, की शायद हरीश का कॉल आ जाए, उसे बधाई देने के लिए, जब झिलमिल स्टेज से नीचे उतरी तो ख़ुद को वैसे ही महसूस की, की हरीश सीढ़ी से दोड़ता हुआ

नीचे उतरेगा, और उसे गले लगा लेगा, पर यह सब उसके सपने थे, जो उसने सजा रखे थे, झिलमिल ने अपनी डिग्री बैग में रखी और वहाँ से चली गई, जो पाना था वो तो मिल गया, पर बहुत कुछ खो चुका था, बिखर चुका था, जिसे अब वापिस लाना नामुमकिन था।

झिलमिल अपने कमरे पर वापिस आ गई, उसे पता था कि अब उसे वापिस जाना है, वहीं जहां से दोनों के प्यार की शुरुवात हुई थी, मन तो अंदर से खोखला हो चुका था, पर अब बचा क्या था वहाँ रहकर???हरीश कौन सा उससे मिलने आने वाला था अब छुट्टियों में, ना उसे अब वो कॉल करेगा, वापिस जाकर ज़िंदगी तन्हाई भरी होने वाली है, पर शायद क़िस्मत में यही लिखा था, हम दोनों मिले जब हमारी ज़िंदगी की नई शुरुवात होने वाली थी, हम दोनों मेडिकल कॉलेज में दाख़िला लेने वाले थे, और सपने पूरे होने से पहले ही हम दोनों का रिश्ता ख़त्म हो गया, मुझे पता है हरीश धोकेबाज़ और बेवफ़ा नहीं है, पर उसने अपनी मजबूरी भी नहीं बताई मुझे, बिना बोले चला गया।

झिलमिल जहाज़ में बैठ गई, अपने देश वापिस आने लिए , मन में बहुत सारे सवाल थे, इस लंबे सफ़र के अंत के साथ बहुत सारे सपनों का भी अंत हो जाएगा, हवाई अड्डे पर माँ-पापा मेरे आने के इंतज़ार में पलके बिछाए खड़े होंगे, क्या मैं एक बार हरीश को वहीं किसी पास की टेलीफोन बूथ से कॉल लगाकर बात करूँ?? वो कितना खुश होगा न सुनकर की मैं डॉक्टर बन गई। यहीं सोचते सोचते झिलमिल फूट फुट कर रोने लगी, आस-पास बैठे लोगो को उसका रोना ना दिखाई दे इसलिए उसने सामने लगे स्क्रीन पर कोई मूवी लगा ली ताकि थोड़ी देर मन को शांत कर सके। सोलहा घंटे की यात्रा पलक झपकते ही पूरी हो गई, हवाई अड्डे पर गग्गी-पापा अपनी बेटी काई इंतज़ार कार रहे थे, झिलमिल हाथ में डिग्री लिए दोड़ती हुई आई और अपनी मम्मी के गेल से लिपट गई, दोनों माँ-बेटी खूब रोई, झिलमिल ने दीक्षांत वाला कोट पहन रखा था। पिताजी अपनी गाड़ी लेकर आए थे, तीनों हस्ते हुए गाड़ी में बैठे और घर की लिए निकल गए।

16

प्यार क्यूँ इम्तहान लेता है?

आज इतने साल हो गए, उसे मेरी ज़िंदगी से गए हुए, पर मेरे जीवन का हर लम्हा ताज़ा है, उसने जब मुझे पहली बार छुआ था, एक अलग सी गुदगुदी हुई थीं मेरे मन में, मैंने झटक कर उसका हाथ हटा दिया था, वो बरसात, वो चारों तरफ़ से ढका हुआ रिक्शा, ऐसा लग रहा था मौसम को भी पाता है की आज दो दिल एक होनेजा रहें हैं, जब मैं उसके बग़ल में रिक्शा में बैठी उसने पीछे से हाथ मेरे कंधे पर रख दिया, मैं झिलझिला गई, उसने आँखें मिलाई तो शर्म से मैं रिक्शा का तिरपाल हटाने लगी की बस किसी तरह यह मुझे शरमाते हुए ना देख ले, हवा तेज थी, पर मेरा बदन पसीने से भीग गया था, उसने मेरा बायां हाथ कस कर पकड़ लिया, मेरी उस वक़्त जो स्तिथी थीं, मेरा मन हो रहा था, मैं उसे गले लगा लूँ, तभी रिक्शे वाले भइया ने आवाज़ लगाई, अरे दीदी, आ गया रस्टूरेंट उतर जाओ, मैंने झट से तिरपाल हटाया और भागते हुए होटल के अंदर घुस गई, हरीश भी पीछे-पीछे आ रहा था, हम दोनों पूरी तरह से भीग गए थे, होटल में काफ़ी कम बिजली जली हुई थीं, नज़ारा बड़ा प्यारा था, हम दोनों ने एक कोने की कुर्सी ली और धपाक से जाकर वहाँ बैठ गए, हरीश की कमीज़ पानी से तर हो रही थी, होटल वाले ने पंखा चला रखा था, तो उसकी ठंडी हवा से हरीश को और ज़्यादा ठंड लग रही थीं, थोड़ा बहुत खाने के लिए मंगानेके बाद हरीश ने झिलमिल की ओर देखा, झिलमिल नज़र चुरा रही थी, हरीश ने झिलमिल को गेल लगाने की कोशिश की पर तब तक वेटर ने लाकर बिल दे दिया, हरीश मन मासोस रहा था, उसकी आँखो में अजीब सी खुननस्स थीं, उसने अपनी मुट्ठी से कुर्सी का कपड़ा नोच दिया, मैंने उसका हाथ पकड़ा और

बोला चलो, थोड़ी देर पैदल चलने के बाद हम दोनों ने एक ऑटो लिया, बरसात तो उस दिन रुकने का नाम ही नहीं ले रही थीं, हरीश जितना सूखा था उससे ज़्यादा गीला हो गया था, मैंने अपने बैग से एक रुमाल निकाला और उसको दे दिया ताकि वो अपने बाल पोछ ले, हरीश को लगा मैं उसे कुछ कहना चाहती हूँ, मैं धीरे से उसके पास गई और मैंने उसके होठ पर एक चुंबन दिया, हरीश घबरा गया की मुझे इतने साल बाद अचानक आज क्या हुआ???मैंने कुछ कस कर उसका होठ दबा लिया था, उसे चोट लग गई थीं होठ के नीचे, उसने मेरे दियह रूमाल से अपने होठ का सिरा पोछा तो उसमे खून की एक बूँद थीं, मुझे ख़राब लगा, मैं पीछे धीरे से हटी और मैंने कहा, मेरी इस प्यार की निशानी को हमेशा सम्भाल कर रखना, जब कभी मैं तुमसे दूर होंगी, या इस दुनिया से चली जाऊँगी, इस रूमाल में लगे खून को देखना, की झिलमिल मुझसे कितना प्यार करती थी, मैं कहीं भी रहूँगी, तुम मुझें भूल नहीं पाओगे, मेरी यादें तुम्हें बहुत सताने वाली हैं हरीश, हरीश की आँखो में पानी था, पर बात बदलते हुए उसने टीस मारकर कहा, छी !! यह रूमाल क्या मैं ऐसे ही रखूँगा??? चुप चाप से लेकर जाओ और रगड़-रगड़ कर धोना इसे, गंदी बच्ची, मैंने उसे एक चाँटा दिया प्यार से और हम दोनों खिलखिलाकर हँसने लगे, ऑटो वाला पलट कर देखने लगा, तो हरीश ने ऑटो रुकवाया और मुझे मेरे घर भेज दिया, और ख़ुद पैदल ही वहाँ से वापिस चला गया।

पता है हरीश तुम्हारे यूँ चले जाने के बाद मुझे एहसास हुआ की दर्द होता है, यह एक ऐसा दर्द है जिसकी किसी हकीम के पास भी दवा नहीं है, और ना ही कोई दुआ लगती है, क्या तुम अभी मुझे महसूस कर पा रहे हो? मेरी आँखें नम है, मन भारी हो गया, अचानक मुझे वो तारीख़ याद आ गई जब तुमने मुझे पहली बार मेरे घर के फ़ोन पर मेसेज कर दिया था और मैंने तुमसे कितनी लड़ाई की थी, तुम बार बार माफ़ी माँग रहे थे, पर मैं लड़े जा रही थी, अगले दिन जब हम कॉलेज में मिले तब भी मैंने तुमसे वही बात कही की तुम आख़िर क्यों घर पर मेसेज किए, मम्मी पढ़ लेतीं तो?? तुमने कान पकड़ कर माफ़ी माँगी थी, हमारी दोस्ती की दास्ताँ वहीं से शुरू हुई थी। आज मैं तड़पती हूँ की शायद मेरा फ़ोन बजेगा, और मैं तुमसे लड़ूँगी, कई बार अनजान नंबर से कॉल आया है, मेरी एक ही उम्मीद होती है, की शायद यह मेरे हरीश का कॉल है, पर फिर मैं बैचेन हो जाती हूँ, मेरे आँसू क्यूँ नहीं थमते, मुझे नहीं पता, आज भी कुछ ऐसा ही हुआ मेरे साथ, इतने साल बाद भी मैं इंतज़ार ही कर रहीं हूँ, और कर भी क्या सकती हूँ, अपने मन की बात पन्नो से कहती हूँ, मुझें पता है, की यह किसी से नहीं कहेंगे, और मैं पन्नो से लिपट कर रो भी सकती हूँ, हम दोनों को डायरी लिखने की आदत थी, क्या तुम्हारे अंदर कि भावना तुम

लिख देते हो, या तुम्हें जीवन साथी मिल गया, मन की बात साझा करने के लिए??? ग्यारह साल हो गए, ना हम मिले, ना हमने कभी बात की, तुम तो उन यादों में समिट कर रह गए हो, जो कभी मुस्कान देती हैं, तो कभी मेरा रोना ही नहीं बंद हो पता, मेरा ख़ाली समय तुम्हें याद करके, और हमारे बीच कि अच्छी यादों को समेट कर अपनी डायरी में लिखने में निकल जाता है, मैं एक सफल डॉक्टर हूँ, पर मेरे मन का ख़ाली पन कोई नहीं समझ पाता, मम्मी मुझे शादी के लिए कहतीं हैं, पर मेरा मन अब अपने काम में, और तुम्हारी सुनहरी यादों में उलझ गया है, मैं दुबारा मोहब्बत कर ही नहीं सकती, पहला प्यार आख़िर बहुत ख़ास होता है, यह तुम भी जानते हो, मेरी भेंट ललित से हुई थी, एक सेमिनार में, वो तो मुझे देखते ही पहचान गया, पुराने दोस्तों से मिलकर बड़ी ख़ुशी होती है, हैं ना??? तुम और मैं तो ललित से पहले के दोस्त हैं, ललित की भी अब शादी हो गई है, उसने बताया, उसकी पत्नी बहुत प्यारी है, वो भी आई थी साथ, शायद उसने अपने माता पिता की पसंद की लड़की से ही शादी की , क्यूँकि रोमी से तो मेरा अभी भी वास्ता है। हम काफ़ी अच्छे दोस्त है, ललित से मैंने तुम्हारा नंबर माँगा तो उसने कहा बाद में देता हूँ, फिर बात आई-गई सी हो गई, कहाँ धुंडू हरीश मैं तुम्हें इस पूरी दुनिया में?? यह दुनिया आख़िर इतनी बड़ी क्यूं है, की खोया हुआ इंसान फिर दुबारा नहीं मिलता है, कहते है दुनिया गोल है, पर मेरे नजरिए से दुनिया के कई रंग और आकार हैं, तुम्हे खोजते खोजते इतने साल बीत गए, पर तुम्हारा कहीं भी पता नहीं लगा, कोई जादू टोना या पूजा पाठ से अगर तुम मुझे मिल जाओ तो मुझे वो भी मंज़ूर है, एक आखिरी तम्मना है कि एक बार हम फिर मिले, और एक दूसरे को वो मीठी सी मुस्कान देकर वहां से चले जाएं, क्या पता इश्वर ने क्या लिखा है मेरी मोहब्बत की किताब में, मेरा पहला प्यार अधूरा रह जाएगा मैंने कभी भी नहीं सोचा था।

मुझे बरसात से डर लगता है अब। आँधी चलती है तो मेरा मन काँप जाता है, ऐसा लगता है मानो यह तूफ़ान फिर से मेरे लिए पीड़ा लेकर आएगा। अब मुझमें समझने और समझाने की ताक़त ख़त्म होते जा रही है, दिन पर दिन मेरा दिल और कमजोर होते जा रहा है, उगते सूरज के साथ मेरे मन में एक उम्मीद जगती है, ढलती रात के आसरे लगाए, धुँदली रात के साथ वो तम्मना फिर धूमिल हो जाती है, मैंने तुम्हें बहुत ढूँढा, पर अब मैं आसरा किसके लिए करूँ, तुम आओगे नहीं, मुझे पता है, पर शायद मेरा कमजोर दिल इस बात के लिए गवाही नहीं देता है। मैं दिन पर दिन अंदर से बीमार रहने लगी हूँ, मैं यह चिट्ठी लिख रही हूँ, पर मुझे लगता है शायद मेरे जाने के बाद तुम्हें मेरा यह पत्र मिलेगा, मैं जानती हूँ तुम्हे अजीब लगेगा सुनकर इतने साल बाद, शायद एक दशक से भी ज्यादा साल बाद,

पर मैं आज भी तुमसे उतनी ही मोहब्बत करती हूँ हरीश, मुझे पता है हम इस जन्म में एक नहीं हों सके, पर अगले जन्म में, मैं भगवान से फिर से तुमको माँगूँगी, अगर तुम मुझे नहीं मिले तो मैं तुम्हें भगवान से तुम्हें छीन लाऊँगी, मुझे नहीं फ़र्क़ पड़ता क़िस्मत हमे कहाँ ले जाएगी, पर मैं हर जन्म में तुम्हारे पास वापिस आने का रास्ता ढूँढ ही लूँगी। तुम्हें ग़ुस्सा आएगा मेरा यह पत्र पढ़कर, ठीक है ना, मैंने अपने दिल की बात कही है तुमसे, शायद तुम्हें मुझसे कभी मोहब्बत रही ही नहीं थी, वरणा तुम मुझे यूँही दर-दर की ठोकरें खाने के लिए नहीं छोड़ देते, हमने कई साल साथ बिताए थे, जिसमे हमने हर छोटी बड़ी ख़ुशियाँ साथ बाटी थी, ऐसा क्या हो गया की तुम ऐसे मुँह फेर कर चले गए मुझसे??? थप्पड़ मार लेते यार, पर मेरे सवाल का जवाब तो दे जाते, आख़िरी बार जब तुम मुझसे मिलने आए थे, तब भी तुम्हारे चेहरे पर वो ग़ुस्सा झलक रहा था, मैंने ऑटो में तुम्हारा हाथ पकड़ा तो तुमने मुझे धक्का दे दिया था, पहले जैसे नहीं की मेरी हथेली को कस कर पकड़ लेते थे, उस दिन समय कम था और बाते बहुत सारी, तुम जब जा रहे थी मैंने फिर से उम्मीद लगाई थी की हम दुबारा मिलेंगे, पर ऐसा क्यूँ नहीं हुआ हरीश??? क्या मेरे इंतेज़ार पर तुम्हें एतबार नहीं था??? तुम्हें समय चाहिए था??? जरा सा यक़ीन कर लेते, देखो मैं आज भी तुम्हारा इंतेज़ार कर रही हूँ, तुमने चार साल माँगे थे, मैंने तुम्हें एक उम्र दे दी, वापिस आने के लिए, अब तो शायद हम ऊपर ही मिलेंगे, जहाँ हमे कोई जुदा नहीं कर पाएगा, ना ही वक़्त का तक़ाज़ा होगा, ना मेरे सब्र की आज़माइश। आँखें बंद करके तुम्हें महसूस करती हूँ तो मुझे वो हरीश याद आता है जिससे मैं पहली बार मिली थी, और आँखें खोलते ही तुम चले जाते हो, मुझे तस्सली होती है की कम से कम बंद आँखो में तुम आते हो, अगर मेरा यह पत्र तुम्हें मिले और तुम जवाब दो तो अपनी एक तस्वीर उसमे रख देना, ताकि मेरी थकी आँखें तुम्हें पहचान सके। आज इतने साल हो गए, उसे मेरी ज़िंदगी से गए हुए, पर मेरे जीवन का हर लम्हा ताज़ा है, उसने जब मुझे पहली बार छुआ था, एक अलग सी गुदगुदी हुई थीं मेरे मन में, मैंने झटक कर उसका हाथ हटा दिया था, वो बरसात, वो चारों तरफ़ से ढका हुआ रिक्शा, ऐसा लग रहा था मौसम को भी पाता है की आज दो दिल एक होनेजा रहें हैं, जब मैं उसके बगल में रिक्शा में बैठी उसने पीछे से हाथ मेरे कंधे पर रख दिया, मैं झिलझिला गई, उसने आँखें मिलाई तो शर्म से मैं रिक्शा का तिरपाल हटाने लगी की बस किसी तरह यह मुझे शरमाते हुए ना देख ले, हवा तेज थी, पर मेरा बदन पसीने से भीग गया था, उसने मेरा बायां हाथ कस कर पकड़ लिया, मेरी उस वक़्त जो स्तिथी थीं, मेरा मन हो रहा था, मैं उसे गले लगा लूँ, तभी रिक्शे वाले भइया ने आवाज़ लगाई, अरे दीदी, आ गया रस्टूरेंट उतर

जाओ, मैंने झट से तिरपाल हटाया और भागते हुए होटल के अंदर घुस गई, हरीश भी पीछे-पीछे आ रहा था, हम दोनों पूरी तरह से भीग गए थे, होटल में काफ़ी कम बिजली जली हुई थीं, नज़ारा बड़ा प्यारा था, हम दोनों ने एक कोने की कुर्सी ली और धपाक से जाकर वहाँ बैठ गए, हरीश की कमीज़ पानी से तर हो रही थी, होटल वाले ने पंखा चला रखा था, तो उसकी ठंडी हवा से हरीश को और ज़्यादा ठंड लग रही थी, थोड़ा बहुत खाने के लिए मंगानेके बाद हरीश ने झिलमिल की ओर देखा, झिलमिल नज़र चुरा रही थी, हरीश ने झिलमिल को गेल लगाने की कोशिश की पर तब तक वेटर ने लाकर बिल दे दिया, हरीश मन मासोस रहा था, उसकी आँखो में अजीब सी खुननस्स थीं, उसने अपनी मुट्ठी से कुर्सी का कपड़ा नोच दिया, मैंने उसका हाथ पकड़ा और बोला चलो, थोड़ी देर पैदल चलने के बाद हम दोनों ने एक ऑटो लिया, बरसात तो उस दिन रुकने का नाम ही नहीं ले रही थीं, हरीश जितना सूखा था उससे ज़्यादा गीला हो गया था, मैंने अपने बैग से एक रुमाल निकाला और उसको दे दिया ताकि वो अपने बाल पोछ ले, हरीश को लगा मैं उसे कुछ कहना चाहती हूँ, मैं धीरे से उसके पास गई और मैंने उसके होठ पर एक चुंबन दिया, हरीश घबरा गया की मुझे इतने साल बाद अचानक आज क्या हुआ???मैंने कुछ कस कर उसका होठ दबा लिया था, उसे चोट लग गई थीं होठ के नीचे, उसने मेरे दियह रूमाल से अपने होठ का सिरा पोछा तो उसमे खून की एक बूँद थीं, मुझे ख़राब लगा, मैं पीछे धीरे से हटी और मैंने कहा, मेरी इस प्यार की निशानी को हमेशा सम्भाल कर रखना, जब कभी मैं तुमसे दूर होंगी, या इस दुनिया से चली जाऊँगी, इस रूमाल में लगे खून को देखना, की झिलमिल मुझसे कितना प्यार करती थी, मैं कहीं भी रहूँगी, तुम मुझे भूल नहीं पाओगे, मेरी यादें तुम्हें बहुत सताने वाली हैं हरीश, हरीश की आँखो में पानी था, पर बात बदलते हुए उसने टीस मारकर कहा, छी !! यह रूमाल क्या मैं ऐसे ही रखूँगा??? चुप चाप से लेकर जाओ और रगड़-रगड़ कर धोना इसे, गंदी बच्ची, मैंने उसे एक चाँटा दिया प्यार से और हम दोनों खिलखिलाकर हँसने लगे, ऑटो वाला पलट कर देखने लगा, तो हरीश ने ऑटो रुकवाया और मुझे मेरे घर भेज दिया, और ख़ुद पैदल ही वहाँ से वापिस चला गया। पता है हरीश तुम्हारे यूँ चले जाने के बाद मुझे एहसास हुआ की दर्द होता है, यह एक ऐसा दर्द है जिसकी किसी हकीम के पास भी दवा नहीं है, और ना ही कोई दुआ लगती है, क्या तुम अभी मुझे महसूस कर पा रहे हो? मेरी आँखें नम है, मन भारी हो गया, अचानक मुझे वो तारीख़ याद आ गई जब तुमने मुझे पहली बार मेरे घर के फ़ोन पर मेसेज कर दिया था और मैंने तुमसे कितनी लड़ाई की थी, तुम बार बार माफ़ी माँग रहे थे,पर मैं लड़े जा रही थी, अगले दिन जब हम कॉलेज में मिले तब भी मैंने तुमसे वही बात कही

की तुम आख़िर क्यों घर पर मेसेज किए, मम्मी पढ़ लेतीं तो?? तुमने कान पकड़ कर माफ़ी माँगी थी, हमारी दोस्ती की दास्ताँ वहीं से शुरू हुई थी। आज मैं तड़पती हूँ की शायद मेरा फ़ोन बजेगा, और मैं तुमसे लड़ूँगी, कई बार अनजान नंबर से कॉल आया है, मेरी एक ही उम्मीद होती है, की शायद यह मेरे हरीश का कॉल है, पर फिर मैं बैचेन हो जाती हूँ, मेरे आँसू क्यूँ नहीं थमते, मुझे नहीं पता, आज भी कुछ ऐसा ही हुआ मेरे साथ, इतने साल बाद भी मैं इंतज़ार ही कर रहीं हूँ, और कर भी क्या सकती हूँ, अपने मन की बात पन्नो से कहती हूँ, मुझे पता है, की यह किसी से नहीं कहेंगे, और मैं पन्नो से लिपट कर रो भी सकती हूँ, हम दोनों को डायरी लिखने की आदत थी, क्या तुम्हारे अंदर कि भावना तुम लिख देते हो, या तुम्हें जीवन साथी मिल गया, मन की बात साझा करने के लिए??? ग्यारह साल हो गए, ना हम मिले, ना हमने कभी बात की, तुम तो उन यादों में समिट कर रह गए हो, जो कभी मुस्कान देती हैं, तो कभी मेरा रोना ही नहीं बंद हो पता, मेरा ख़ाली समय तुम्हें याद करके, और हमारे बीच कि अच्छी यादों को समेट कर अपनी डायरी में लिखने में निकल जाता है, मैं एक सफल डॉक्टर हूँ, पर मेरे मन का ख़ाली पन कोई नहीं समझ पाता, मम्मी मुझे शादी के लिए कहतीं हैं, पर मेरा मन अब अपने काम में, और तुम्हारी सुनहरी यादों में उलझ गया है, मैं दुबारा मोहब्बत कर ही नहीं सकती, पहला प्यार आख़िर बहुत ख़ास होता है, यह तुम भी जानते हो, मेरी भेट ललित से हुई थी, एक सेमिनार में, वो तो मुझे देखते ही पहचान गया, पुराने दोस्तों से मिलकर बड़ी ख़ुशी होती है, हैं ना??? तुम और मैं तो ललित से पहले के दोस्त हैं, ललित की भी अब शादी हो गई है, उसने बताया, उसकी पत्नी बहुत प्यारी है, वो भी आई थी साथ, शायद उसने अपने माता पिता की पसंद की लड़की से ही शादी की , क्यूँकि रोमी से तो मेरा अभी भी वास्ता है। हग काफ़ी अच्छे दोस्त है, ललित से मैंने तुम्हारा नंबर माँगा तो उसने कहा बाद में देता हूँ, फिर बात आई-गई सी हो गई, कहाँ धुंडू हरीश मैं तुम्हें इस पूरी दुनिया में?? यह दुनिया आख़िर इतनी बड़ी क्यूं है, की खोया हुआ इंसान फिर दुबारा नहीं मिलता है, कहते है दुनिया गोल है, पर मेरे नजरिए से दुनिया के कई रंग और आकार हैं, तुम्हे खोजते खोजते इतने साल बीत गए, पर तुम्हारा कहीं भी पता नहीं लगा, कोई जादू टोना या पूजा पाठ से अगर तुम मुझे मिल जाओ तो मुझे वो भी मंज़ूर है, एक आख़िरी तम्मना है कि एक बार हम फिर मिले, और एक दूसरे को वो मीठी सी मुस्कान देकर वहां से चले जाएं, क्या पता इश्वर ने क्या लिखा है मेरी मोहब्बत की किताब में, मेरा पहला प्यार अधूरा रह जाएगा मैंने कभी भी नहीं सोचा था।

मुझे बाद में समझ आया की वो कोई पत्र लिख रहीं है हरीश के लिए, की यह हरीश को भेजेगी, शायद झिलमिल की दिमाग़ी स्थिति थोड़ी बिगड़ गई थी, मुझे अपनी दोस्त के लिए ऐसा नहीं कहना चाहिए, पर शायद मेरा अंदाज़ा ग़लत हो सकता है, उसने अपने नौकर, कर्मचारी सबको बोल रखा था की डाक घर में पता लगाओ हरीश नाम के इंसान कहाँ रहता है। पर हर बार उनका नौकर बैरंग घर लौट आता था, फिर भी झिलमिल के ज़िद करने पर , अगले दिन सुबह डॉ. झिलमिल का कर्मचारी डाक घर में वो पत्र लेजाकर डाक डिब्बे में डाल आया, अब झिलमिल को बैचैनी होने लगी, कि डाकिया कब आएगा ,क्या उसके हाथ वो पत्र लगेगा, या किसी कारण से वो पत्र डाक डिब्बे में सबसे नीचे दब जाएगा, मैंने बड़े सालों बाद चाह की है, क्या ऐसा होता है??? की आप किसी को पत्र लिखो और वो किसी करण से उसे मिल जाए??? डॉ.झिलमिल का मन कौतुहल में डोल रहा था, उन्हें समझ नहीं आ रहा था की वो कैसे जाए वहाँ, और डाकिये से कहे की किसी भी सूरत में यह पत्र उसके हरीश तक पहुँचा दे, पता तो उन्हें मालूम नहीं था, अब डाकिया दे तो किसे दे??? यह तो एक बैरंग चिट्ठी है, यह सिर्फ़ एक चिट्ठी नहीं थी, एक उम्मीद थी झिलमिल की, जो वो हरीश का कई साल से इंतज़ार कर रही थी, ना तो उसके पास टेलीफोन नंबर था, ना उससे बात करने का कोई और साधन, झिलमिल पूरे दिन अपनी खिड़की के सहारे कुर्सी पर बैठी रहती, आते जाते लोगो में डाकिया का इंतज़ार करते करते सुबह से दोपहर, और दोपहर से रात हो जाती, कई दिनों बाद, दूर से साइकिल पर एक भूढ़ा आदमी आता हुआ दिखा, डॉ.झिलमिल ने अपने नौकर को उसके पीछे दौड़ाया और बोली भाग इसके पीछे कहीं यह चिट्ठी लिए बिना ना चला जाए, बेचारा दुबला पतला सूखा हुआ नौकर हाफ़्ते हुए आख़िर डाकिये से जा टकराया,नौकर ने उसने कहा, भाई मेरी मालकीन की चिट्ठी ज़रूर ले जाना, नहीं तो वो ऐसे ही रोज़ मुझे तुम्हारे पीछे दौड़ा देंगी, डाकिया ने पत्र देखा तो उसमे किसी का भी पता नहीं था, नौकर ने उसे आँख के इशारे से बोला की, डॉक्टर खिड़की से तुम्हें घूर रहीं है, उन्हें एक उम्मीद है, मैं तुमसे विनती करता हूँ, ज़्यादा स्वाल मत करना और इस पत्र को ले जाओ अपने साथ। डाकिया वो पत्र अपने शर्ट के ऊपर पॉकेट में रखकर डाकघर के अंदर चला गया, शायद उसपर स्टांप लगना बाक़ी था। नौकर वापिस आकर झिलमिल से बोला की अब डॉक्टर हरीश को यह पत्र मिल जाएगा, देखिएगा, जल्दी उनका जवाब भी आएगा, झिलमिल ने अपना चश्मा सही करते हुए बोला, सच्ची में?? अरे मेरे बेटे, तुम ख़ूब ख़ुश रहो, नौकर वहाँ से पलटा और आँसू पोछता हुआ किचन में चला गया।

17

धागे कच्चे होते है पर उसकी गाँठ नहीं

पता है यह इंतज़ार बहुत ख़ूबसूरत है, इसमें भी एक अलग मज़ा है, रोज़ मंदिर में पूजा करते समय भगवान से यहं कहना की भगवान ऐसा कोई जादू हो जाए की हरीश मेरे से मिलने आए, बहुत सारी अधूरी बाते हैं, जो हमे पूरी करनी है, मैं इंतज़ार करते करते अब थक गई हूँ, पर पता नहीं यह कैसी उम्मीद है, जो मुझसे बंध गई है, यह डोर का दूसरा छोर भी मैंने ही थाम रखा है, क्योंकि मुझे पता है, इस अंत की कोई शुरुवात नहीं है, जो है, यही है, एक तड़प, एक अकेलापन, तन्हाई, मुझमें लिखने की क्षमता है, इसलिए मैं लिखकर अपनी आधी परेशानी यूहीं ख़त्म कर लेती हूँ, नहीं तो इरा भीड़ भरी दुनिया में, किसी को रेत तक समेटने की फ़ुरसत नहीं है, ज़िंदगी में कई मुकाम ऐसे आते है की, हम ना हँस पाते है, ना रो पाते है, वक़्त निकल जाता है, और हमारे पास रह जाती हैं वो ख़ूबसूरत यादे, जिन्हें हम माचिस की डिब्बी में भरकर कहीं छुपा देते हैं, यादे दिलो को जोड़ भी देती हैं, तो दिलो को तोड़ने का भी सबसे बड़ा काम यादो का ही है, कोई कहीं छिपकर रोता है, क्योंकि वो किसी को बता नहीं सकता है, तो कोई अपने प्यार को तरसता है, उसे और हसीन बना देता है, अरे यह मैं क्या लिखने लगी, हरीश की याद आती है, और मैं यही खिड़की के पास लगी अपनी लकड़ी की कुर्सी पर बैठ जाती हूँ, और घंटों निकल जाते है, उन यादों को लिखने में, एक के बाद एक क़िस्सा जुड़ते जाता है, कभी मैं मुस्कुराती हूँ, तो कभी आँख से आँसू नहीं रुकते मेरे, मैंने अपनी आधी ज़िंदगी बिता ली, जिसमे से २० साल तो हरीश के इंतज़ार में ही बीत गए, क्या पता उसे अब मैं याद भी हूँ या नहीं, वो तो अपनी नई ज़िंदगी में खुश होगा, क्या पता

उसे अब एक-दो औलादे भी हो गई हो, हो ही गई होंगी, अब तो बच्चे भी बड़े हो गए होंगे, वो थोड़ी मेरी तरह , मेरे इंतज़ार में बैठा होगा, उसको मिलने के लिए, जितना मैं तड़प रही हूँ, क्या वो भी वैसे ही मेरे को याद करता होगा??? कभी-कभी हिचकी आती है, तो नाम लेती हूँ, तो हिचकी रुक जाती है, क्या ऐसा होता है??? या यह भी एक इंसानी मनघाइंत कहानी ही है, मेरी कहानी भले अधूरी रह गई, पर मेरे मन में उसके लिए प्यार और सम्मान आज भी वही है, कहाँ चले गए तुम हरीश, मैं इतनी बड़ी दुनिया में कहाँ धुंढू तुम्हें??? मेरी आँखें भी थक गई हैं, तुम्हारा नम्बर भी नहीं है मेरे पास, तुम्हारी एक आवाज़ सुनने को तड़प रहीं हूँ, पुराने पत्रों में तुम्हारा नंबर मिला, पर अब वो बंद है, झिलमिल अपने मन में यह सोच रही थी, तभी उसको ऐसा महसूस हुआ की उसके सीने में दर्द उठा है, उसकी आँखो के सामने कला अंधेरा सा छा गया, उसने अपने नौकर को बुलाया, पर वो कहीं बाहर गया हुआ था घर से, झिलमिल वहीं कुर्सी पर सिर पीछे करके बैठ गई, और आँखें बंद करके हरीश को याद करते हुए उसकी आँख से एक आँसू गिरा, मैं तुरंत ही उसके घर पहुँची थी, क्यूँकि मुझे उसके साथ किताब में कुछ बदलाव के बारे में बात करनी थी, मैं धीरे से झिलमिल के बग़ल कुर्सी पर जाकर बैठ गई, झिलमिल की आँखें बंद थी, पर शायद उसने मेरी सुगंध से मुझें भाँप लिया था, उसने कहा, अपर्णा तुम आ गई, ऐसा लग रहा है मुझे गैस बन गई थी, सीने में कुछ तेज दर्द हुआ, और अभी रुक गया है, रामलाल शायद बाज़ार गया है, दरवाज़ा खुला था क्या???? लो रामलाल भी सब्ज़ी लेकर आ गया, चाय पीते है साथ में, इतना कहते कहते झिलमिल को सीने में फिर से तेज दर्द उठा। पर थोड़ी देर बाद उसका दर्द रूक गया, झिलमिल को हल्की बैचैनी की शिकायत होने लगी थी, वो अपने मुँह में कलम दबाए इधर-उधर टहलने लगी, और मुझे बाक़ी की कहानी बताने लगी, मैं भी ध्यान से कहानी सुन रही थी, आख़िर हरीश मेरा भी दोस्त था, मैंने झिलमिल से कहा कभी तुमने उसे फ़ोन लगाकर बात क्यूँ नहीं कि??? झिलमिल बोली यार नंबर नहीं है अब मेरे पास, हम दोनों का शैतानी दिमाग़ विचार बनाने में लग गया की हरीश का नंबर किसी पुराने दोस्त के माध्यम से हमे मिल सकता है, झिलमिल कि पुरानी टेलीफोन डायरी में किसी पुराने दोस्त का नंबर था, उसने उससे बात कि तो उस दोस्त ने हरीश का नंबर झिलमिल को दे दिया, झिलमिल की ख़ुशी का ठिकाना नहीं था, मुझे किसी ज़रूरी काम से बाहर जाना था तो मैं वहाँ से निकाल गई, बाद में शायद झिलमिल ने बेसब्री को और ना भाइते हुए उसी रात में हरीश को कॉल लगाया, हरीश ने फ़ोन उठा भी लिया, पर झिलमिल डर के मारे फ़ोन काट दी, अगले दिन झिलमिल ने फिर हरीश को कॉल लगाया, और फिर काट दिया,

जैसे वो स्कूल समय में करती थी। हरीश ने इस बार आख़िर कॉल वापिस लगा ही दिया। झिलमिल से उसने बोला, झिलमिल, क्या हुआ???? पता नहीं हरीश कैसे समझ गया था कि यह झिलमिल का ही कॉल है। शायद पुरानी हरकते झिलमिल की उसे समझने के लिए काफ़ी थी। झिलमिल बहुत खुश हुई, दोनों ने थोड़ी देर बात की, तब तक हरीश को पीछे से किसी ने आवाज़ लगाई, झिलमिल ने कहा यह कौन बोला?? हरीश बोला, अरे वो मेरा बेटा है, झिलमिल थोड़ा हिचकिचाई और उसने फ़ोन रख दिया, झिलमिल का मन और बात करने का था शायद, पर अब दूरियाँ बहुत हो चुकी हैं, यह सोचकर झिलमिल ने दुबारा कॉल लगाने की हिम्मत नहीं की। झिलमिल सब अपनी मन की बात एक डायरी में लिख रही थी, जो बहुत जल्दी किताब का रूप लेने वाली थी,

एक हफ़्ते बाद मैंने हरीश को कॉल किया और बोला तुम झिलमिल से बात कर लेना, वो बीमार है, हरीश बोला कल बात करता हूँ, उसे उम्मीद नहीं थी शायद ऐसी किसी खबर की,उसकी आवाज़ से लग रहा था कि वो काम में व्यस्त था उस समय, उसने बताया कि अब वो सरकारी अस्पताल में बड़ी पोस्ट पर है, उसने मुझसे ज़्यादा बात नहीं की, और हरीश ने फ़ोन रख दिया, अगले दिन दोपहर को हरीश ने झिलमिल को कॉल लगाया, हरीश का पहला शब्द था, आख़िर क्यूँ झिलमिल?? क्या हो गया है तुम्हें??? हम तो एक दूसरे की मंज़ूरी से अलग हुए थे ना??? तो अब इतने साल बाद क्यों?? यह सुनते ही झिलमिल फुट-फुट कर रोने लगी, उसने हरीश से कहा की एक बार मुझसे मिलने आ जाओ, पर हरीश शायद काम में ज़्यादा व्यस्त होने के कारण उससे मिलने नहीं आ सकता था, पर उसने कहा देखूँगा, फ़िलहाल कोई इरादा नहीं है, दोनों ने क़रीब तीस मिनट बात की, और फिर हरीश ने कॉल रख दिया, उसके बाद हरीश का फिर ना दुबारा कभी कोई पत्र आया ना टेलिफ़ोन, झिलमिल आज भी इंतज़ार ही कर रही है....और शायद इस इंतज़ार में उसका सब्र और भ्रम अब ख़त्म हो गया था।

18

एक मुलाक़ात और जीवन भर साथ निभाया हमने

पता है आज मेरी आँख बहुत जल्दी खुल गईं सुबह, घड़ी का अलार्म बजने में अभी समय था, मैंने पलंग से सटी खिड़की का पर्दा हटाकर देखा तो सामने खड़े लैंप पोस्ट की पीली बत्ती जल रही थी, असमान अभी भी अंधेरे में ढका हुआ था, मन मेरा कुछ बेचैन था, मैंने बग़ल में रखी बोतल से पानी पिया और अपनी कुर्सी पकड़कर और वहीं बैठ गई, बिलकुल सन्नाटा छाया हुआ था, मानो मुझे मेरी ही आवाज़ वापिस सुनाई दे रही थी, सपना अजीब देख लिया था मैंने शायद, इतने सालों बाद कहाँ मैं अपने पुराने दिनों में लौट गई थी, स्कूल था, हम स्कूल वाले दोस्त थे, कुछ कार्यक्रम चल रहा था मैदान में, अचानक एक लड़के ने एक चिट्ठी लाकर मुझे दी थी झिलमिल को देने के लिए, उन दिनों झिलमिल अपनी ही दुनिया में समाई हुई थी, पर जब मैंने जाकर उस लड़के कि चिट्ठी उसे दी तो उसने चिट्ठी रख ली पर कोई जवाब नहीं दिया। अरे मैं कहाँ पुरानी यादों में चली गई, अब तो मेरा पुराने दोस्तों से कोई संपर्क नहीं हैं, झिलमिल से कभी कभार बात हो जाती थी, पुरानी दोस्ती वैसे भी बहुत ज़्यादा ख़ास होती है। हम तीनों स्कूल में साथ मिले थे, तीन प्राणी अलग स्वभाव के, एक उत्तर, एक पूरब एक पश्चिम, पर कहते है ना मैगनेट अपने दूसरे छोर से जा चिपकती है, शायद यही हमारे साथ भी हुआ था। उस लड़के ने झिलमिल का नंबर मुझसे ले लिया था, एक बार गलती से उसने घर पर फ़ोन

लगा दिया था, झिलमिल ने बहुत लड़ाई भी की थी, बाद में झिलमिल ने अपने रुपय जोड़कर एक पुराना फ़ोन ख़रीद लिया था, जो उसकी मम्मी से वो छिपाकर रखती थी, जिसपर बस उस लड़के का कॉल आता था, एक दिन झिलमिल स्कूल गई तो तकिए के नीचे से फ़ोन हटाना भूल गई थी, मम्मी ने झिलमिल के स्कूल से वापिस आने के बाद उसकी खूब डाँट लगाई थी, पर झिलमिल ने ना जाने कैसे अपनी जान बचाई थी, मैं यह सब बाते सोच ही रही थी की सामने खिड़की से सूरज की किरने मेरी टेबल पर रखी डायरी पर पड़ने लगी, मैंने उस डायरी को लिखना शुरू किया था, बीच के पन्नो में एक दो पुरानी तस्वीर भी थी, मेरी आँखो से आँसू झलक पड़े। हम तीनों दोस्तों ने एक दूसरे के साथ रहने का वायदा किए थे, पर एक झटके में हम ऐसे अलग हो जाएँगे, मैंने कभी भी नहीं सोचा था। वो दो साल जीवन के सबसे खूबसूरत थे, क्योंकि उसके बाद जीवन में सिर्फ़ भागना था, संघर्ष करना था, और अपने सपने पूरे करने थे। झिलमिल हरीश की सबसे अच्छी दोस्त थी, दोनों स्कूल से वापिस जाने की बाद फ़ोन पर घंटों बाते करते थे, कई बार तो बस से आने की जगह स्कूल से यह लोग पैदल आते थे, ताकि रास्ते में ज़्यादा बाते कर पाए। पर समय किसी के लिए नहीं रुकता है, देखते ही देखते परीक्षा कब आ गई पता ही नहीं चला, एक बार झिलमिल वो काला वाला फ़ोन स्कूल लाई थी, हरीश और झिलमिल दोनों मैदान में खड़े थे, झिलमिल बार-बार हरीश को मिस-कॉल देकर परेशान कर रही थी, हरीश ने उसे ऐसी मुस्कान दी, झिलमिल शर्म से लाल हो गई थी। झिलमिल की मैं सबसे अच्छी दोस्त हूँ, वो मुझे अपनी पक्की सहेली कहती हैं, पर काम में मैं, इतनी व्यस्त रहती हूँ की उससे महीनों मेरी बात ही नहीं हो पाती है। वो मुझे हर पल याद करती है, हम दोनों का दिलो का रिश्ता है, मैं उसकी वो वाली सहेली हूँ जिसने उसका अच्छा समय और बुरा समय उसके साथ जिया है, जब वो जीवन के सबसे कठिन समय से गुज़र रही थी, मेरे लिए भी वो समय सबसे दिल को कचोड़ने वाला था। वो पूरी तरह से टूट गई थी, ऐसा लग रहा था उसके ऊपर दुखों का पहाड़ टूट गया है, तभी उसका हरीश से रिश्ता ख़त्म हुआ था, उसके दादाजी का देहांत भी तभी हुआ था, और झिलमिल को नौकरी से भी निकाल दिया गया था, ना वो किसी से कह सकती थी, ना उसे कोई समझने वाला था, उसकी मुस्कान तो कहीं खो गई थी, मेरे पास उसे समझाने के अलावा और कोई उपाय नहीं था, जब वो रोती थी, तो मेरा मन फट जाता था, उधर हरीश अपनी ज़िद पर अड़ा था, घर वाले झिलमिल पर शादी का दवाब बना रहे थे, झिलमिल जिस दौर से गुजर रहीं थी, शायद और कोई लड़की होती तो क्या का क्या कर बैठतीं। भगवान का शुक्र है वक्त के साथ झिलमिल ने ख़ुद को सम्भाल लिया था।

झिलमिल को सहारा देने के लिए मैंने हमेशा ख़ुद को मज़बूत रखा, पर कही किसी कोने में छिपकर मैंने भी बहुत आँसू बहाए हैं, मैंने झिलमिल को ऐसा टूटा और बिखरा हुआ कभी नहीं देखा था, वो कैसे गिड़गिड़ा रही थी, उसके पास ना उम्मीद बची थी ना आसरा, मैं तो ईश्वर से प्रार्थना करती हूँ की इस दुनिया में किसी को कभी मोहब्बत न हो, और हो भी तो बस आँखो का प्रेम हो, ऐसे दिल लगाकर फिर अलग हो जाने से सिर्फ़ तकलीफ़ ही सहनी पड़ती है, अरे मेरे पन्ने भीग गए, शायद मेरे आँसू भी जानते है की जब दोस्त अलग होते हैं तो कितना दर्द होता है, शायद किसी ने सच कहा है, दोस्त को दोस्त ही रहने देना चाहिए, ज़्यादा तिया-पाँचे में ना दोस्ती रहती है ना मोहब्बत। स्कूल के दिन कितने सुंदर होते है, वो कभी ना वापिस आने वाले पल होते है, हमे उन लम्हों को जी भरकर जी लेना चाहिए, ताकि ज़िंदगी भर हमलोग मुस्कुरा सके। ग्यारवी और बारवी कक्षा सबसे ख़ास होती है। हमलोग रेल की पटरी पर भागे चले जाते है, उतनी ही रफ़्तार से जितनी रफ़्तार से बगल से दूसरी ट्रेन भागती है, हमे भी अपनी मंज़िल तक पहुँचने की जल्दी होती है, कुछ को अपना मुक़ाम हासिल हो जाता है, कुछ भीड़ में खो जाते हैं। हमे अपना मुक्क़दर ख़ुद लिखना होता है, अगर कलम की नोख़ बीच में टूटी तो पन्ना अधूरा रह जाता है, सपने देखना अच्छी बात है, उसे हमे पूरा भी करना चाहिए, पर इन सपनों के पूरा होने की आशा में हमे बाक़ी चीजें नहीं भूलनी चाहिए, हमे हमेशा अपने पाँव धरती पर रखने चाहिए, ताकि हम कितना भी ऊँचा उठ जाए, हमारे पैरों की नीचे की ज़मीन समन्तर हो, हमारा तलुए और ज़मीन के बीच एक गरमाहट होनी चाहिए, जहाँ वो गरमाहट ख़त्म हुई, इंसान मुँह के बल ज़मीन पर गिरता है। कभी-कभी आँसू भी पथरा जाते हैं, पर हम जो चाहते है वो हमे नहीं मिलता है, हमारी कोशिश व्यर्थ नहीं जानी चाहिए, शायद उससे भी कुछ अच्छा हमारे नसीब में लिखा होगा। झिलमिल को भूत-प्रेत में बहुत विश्वास था, उसने कई ऐसी काल्पनिक घटनाएँ महसूस की थीं, मेरा मन विश्वास तो नहीं करता था, पर झिलमिल जिस तरह से कहानी सुनाती थी, इंसान मजबूर हो जाता था, उन कहानियों पर यक़ीन करने के लिए। मैं झिलमिल से कक्षा ग्यारव्ही में मिली थी, हम दोनों शुरुवात में एक दूसरे को फूटी आँख नहीं पसंद करते थे, पर शायद दोस्ती ऐसे ही होती है, हम दोनों का जीवन मस्त चल रहा था, बीच में हरीश कूद पड़ा, ना वो आता, ना हमारे जीवन में इतना बवाल पैदा होता, झिलमिल ने अपनी तरह मुझे भी बना लिया था, एक बार तो उसकी शादी का रिश्ता लेकर मैं उसके घर गई थी। उसकी मम्मी ने मुझे इतनी डाँट लगाई की मैं सोच में पड़ गई थी, अरे मैं यहाँ क्यूँ आई थी?? हा-हा-हा, मैंने झिलमिल को कॉल लगाकर बोला, भाई तुम्हारा संबंध नहीं होने वाला,

हरीश की सास ने रिश्ता ठुकरा दिया है, हा-हा-हा। हंसी मज़ाक़ अलग बात है, पर आज झिलमिल को गए बरसों हो गए, क्यूँ वो यादे धुँदली नहीं होती जब मैं उसकी किताब उसके घर लेकर पहुँची और वो बेसुध पड़ी थी कुर्सी पर, आँख के कोने से टपकता हुआ एक आंसू, पर उसे पोछनें वाला कोई नहीं था, उसकी किताब ने बहुतों को रुला दिया, अब मैं और क्या लिखूँ, शब्दों के बंधन में नहीं जकड़ी थी हमारी दोस्ती, उसका लिखा हुआ मैंने व्यक्त किया, शायद यही हमारे रिश्ते कि ख़ासियत थी। यही ज़िंदगी है, हम जो चाहते है वो हमे मिल जाए ऐसा ज़रूरी तो नहीं है, कई बार प्रयास भी सफल नहीं होते है, इसलिए जो आज है, वो अभी है, ना कल था, ना कल होगा। मैं बस किताब का आख़िरी पन्ना समाप्त कर रहीं थी जो उस दिन गाड़ी में बैठने के समय हाथ से छूट कर नीचे गिर गया था, अगर उसी दिन मैंने किताब छापने में दे दिया होता, तो शायद झिलमिल इसे पढ़ पाती, मेरी यही किताब हमारी दोस्ती को समर्पित है, उसने मुझें जीना सिखाया था, मैंने डायरी बंद की, और उसे चूमकर एक लिफ़ाफ़े में डाल दिया, उसपर कोई पता नहीं था, बस नाम था मेरी प्यारी झिलमिल, और पास के डाक घर में उसे डाल आई।

समाप्त।।।।

उपसंहार

यह पुस्तक जीवन की कठोर सच्चाई से गुजरी है, की जो आज है, वह कल नहीं होगा , समय किसी के लिए नहीं रुकता है, हमे समय के साथ भागना होगा, ज़िंदगी कड़ी-कड़ी जुड़ती जाती है, और एक समय बाद वो एक खूबसूरत यादों कि माला बन जाती है, जीवन का हमे भरपूर आनंद लेना चाहिए, दुःख, तकलीफ़ पीड़ा तो हमारे साथ बंधी है, पर अगर हम थोड़ा वक़्त निकालकर अपने आज की सोचे, तो हमारा कल बहुत शोभायमान हो जाएगा।